# 美代子阿佐谷心情

安部慎一

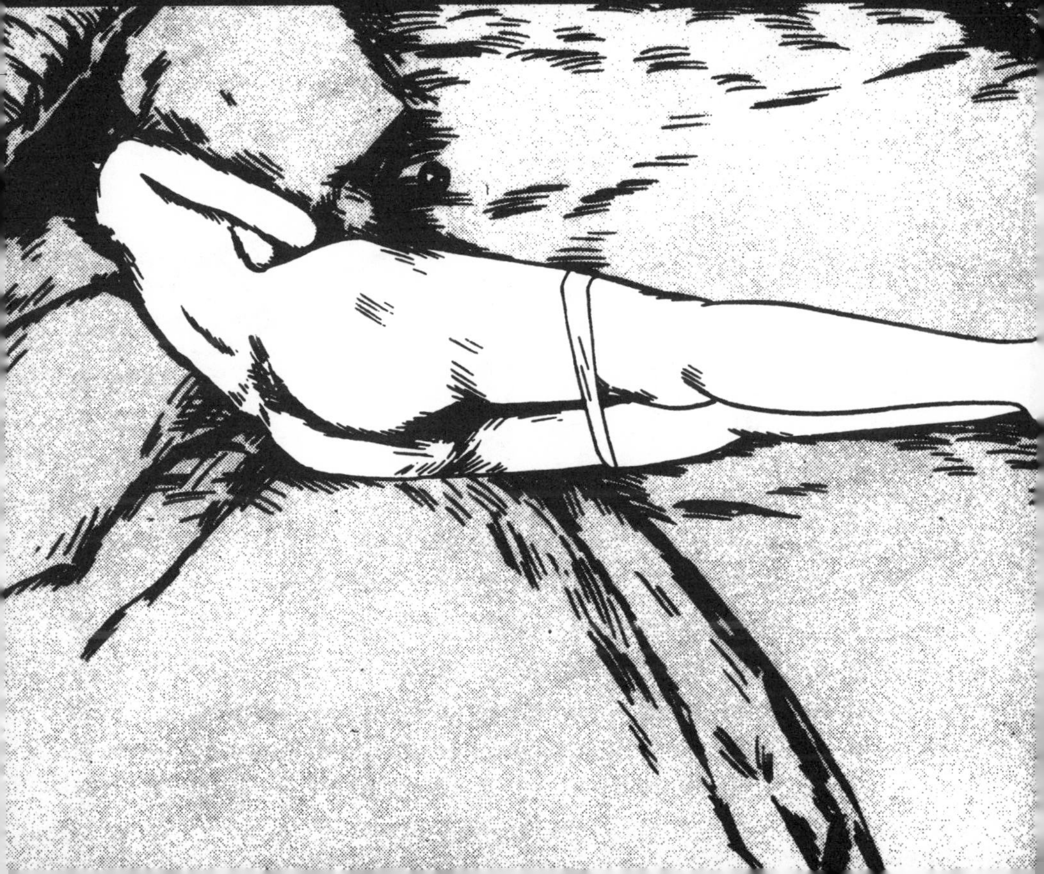

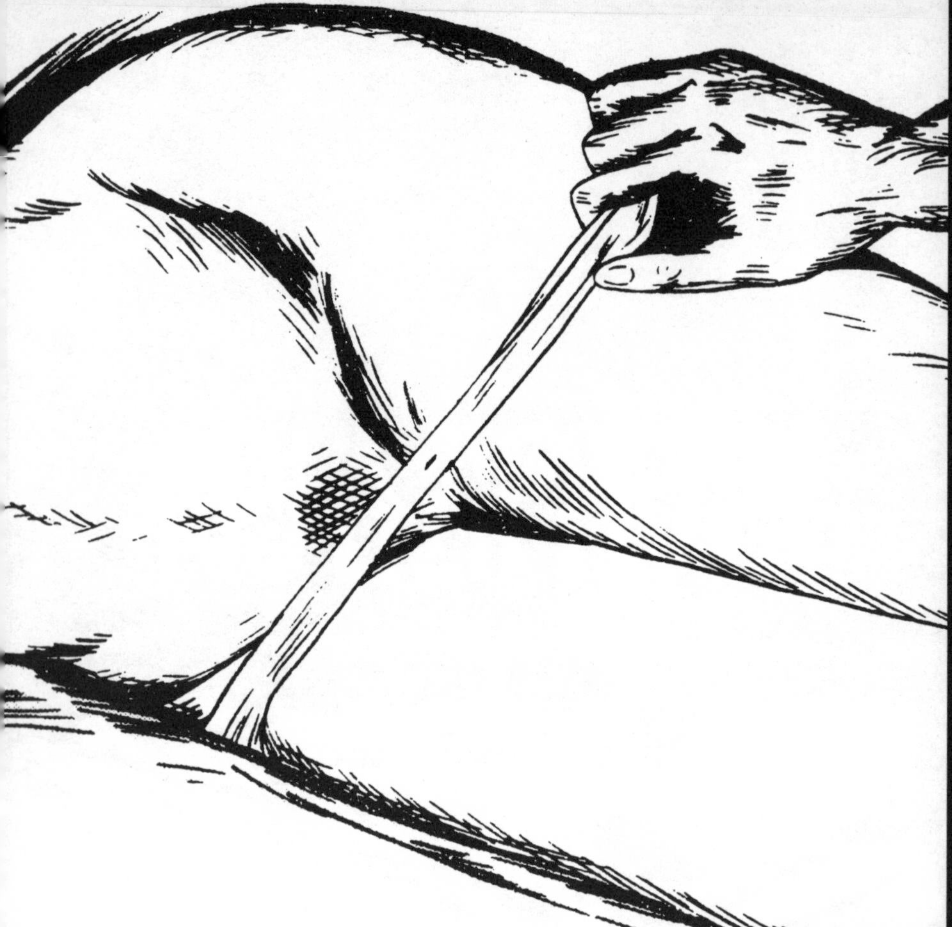

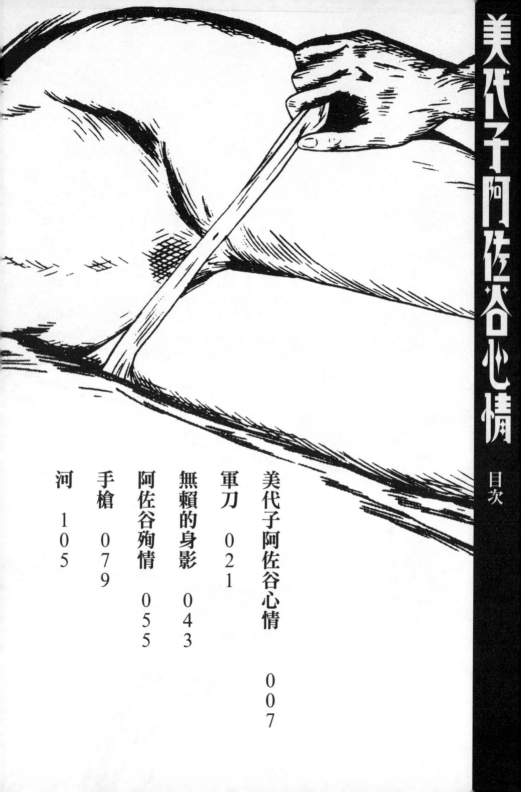

# 美代子阿佐谷心情

目次

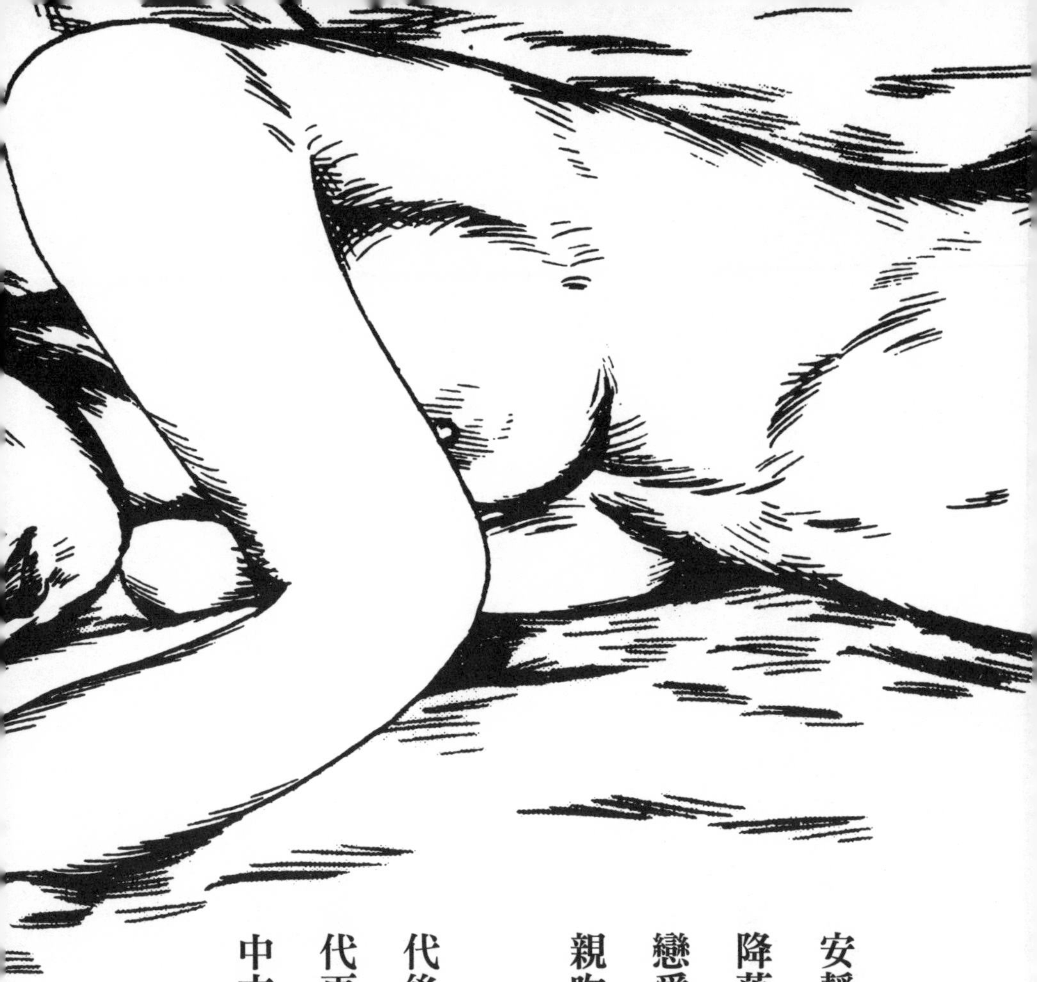

# 美代子阿佐谷心情

在阿佐谷的
他的房間裡，
我很平靜喔

ごしそ
沙沙
ん
嗯
ごしそ
沙沙
嗶嗶嗶—
ちりり—
嗶嗶嗶—

十點了嗎。
再休息個一天吧。
小美代呀，妳真是沒用耶——

びろーん
垂ー
好睏喔～
哎呀。
畫壞了。
好啦，
今天早上就來配個……
蘋果吧？
他不在的時候，覺得一切都好麻煩。
首先，洗米這件事就很卑微啊。

我啊，等這場
戀愛結束了，
就去當情婦吧，
一定要。
找個有錢的
紳士，
頭沒禿的。
借金表

天黑得還真快啊。

他跑到哪裡去了呢——
是不是又在四處閒晃呀——

真是不得了。
書上說一千元、一百元，
用起來感覺沒什麼差別。
性
我家這個是一千元喔。
一千元就是我的資本呀。

他啊，很窮很窮。
不過他說，那份工作要是大賣就能海撈一筆！簡而言之，
就是有未來性吧。
我—已經—不—再—愛—
悶—悶—不樂啦—
老實說，我啊，
那個還沒來。
已經……三個禮拜了。
這次是真的吧。
我討厭小孩！

除了殺掉，沒有其他辦法了呀。
あんたにゃわかるめ
你哪會瞭解！

めめ
解
解
他回來了吧。
パチン
啪擦
來吧——
來吧——

# 軍刀

じーっ
茲—

某年冬天，

我接到一個看起來很怯弱的同學邀約，
於是，
吉永洋服店
就去拜訪了他那依山而立的家。
你有兄弟姊妹嗎？
我是獨子。
你也是獨子！
跟我家孩子的個性差滿多的呢。
次男把頭髮留長的話，
會不會也變英俊呢。

你們家是做啥的呀？
總公司在名古屋，不過分社由父親經營，
母親接公司發的案子，服裝相關工作。
你們家也做衣服呢。
底下接案的人大概有多少個啊？
這個嘛……
不知有多少人耶。
哎，比我們多吧。說是這樣說，
我們就只有我一個人在做啊。
次男結識了一個好人呢。
請你以後也繼續當他朋友喔。

那天過後，
我和次男日漸熟稔起來，每個月都會去他家過夜數次。
從我住的城鎮開車過去要三十分鐘，我喜歡這短暫的旅途。
喜歡散發秘密氣息的田園風光。
抓不到青蛙回去就有得受了。
這關頭還貧嘴啊！認真點抓！
你別說啦，我是為了小美代抓的。
不過小美代甩掉的人是我，
我抓了青蛙又有什麼用呢。

要是不帶青蛙去上課……教生物的大內老師，
似乎連女人也照樣揍喔。
明明是條狗，竟然還溺水。
連狗爬式也不會啊，蠢貨！
你……畢業後有什麼打算？
去東京。

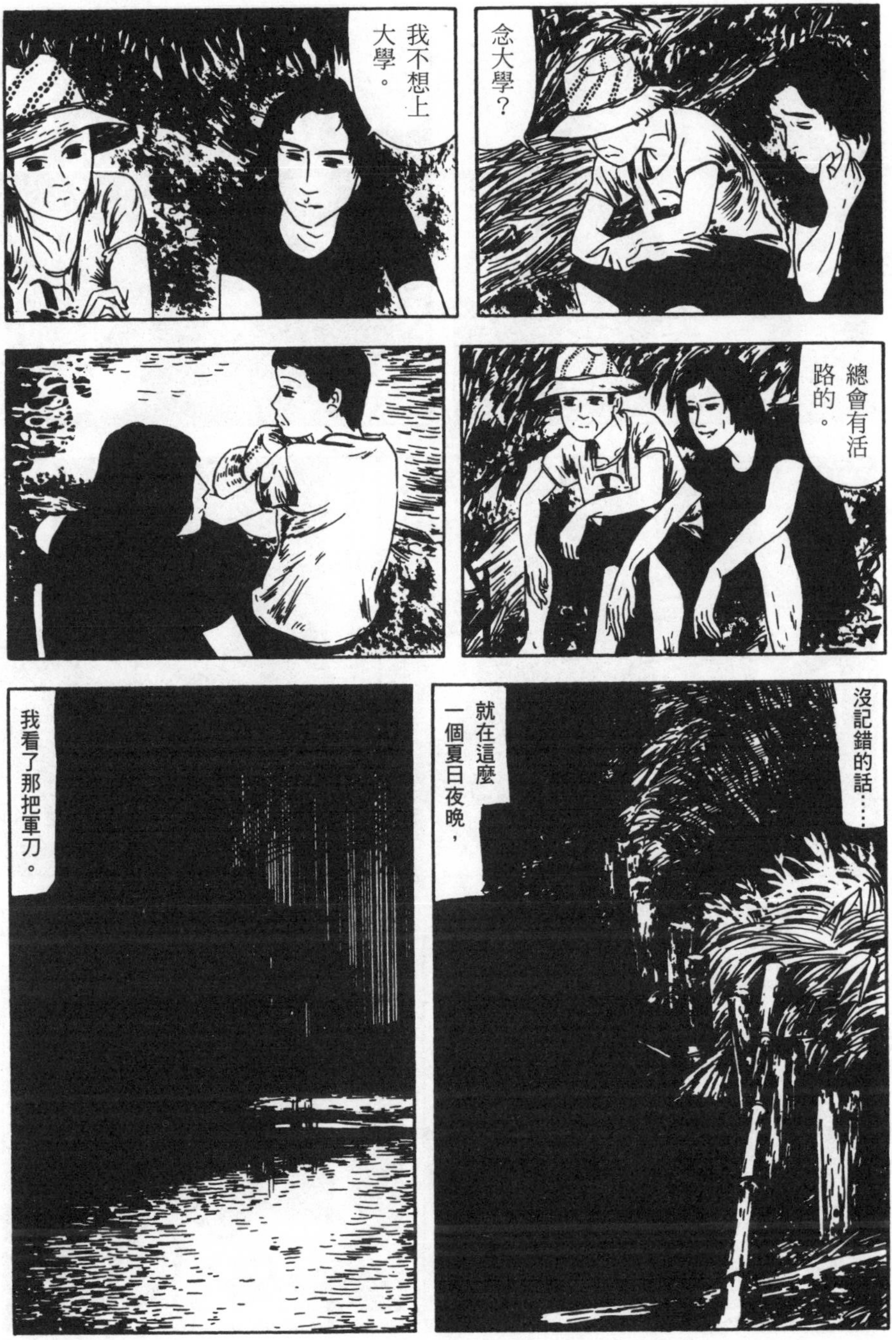
念大學？
我不想上大學。
總會有活路的。
沒記錯的話……
就在這麼一個夏日夜晚，
我看了那把軍刀。

很重吧。
跟木刀差不多呢。
你似乎是練劍道的，不過你……
沒殺過人吧。
我殺過喔。
上頭要我殺，我就殺呀。
人可是會發出鴨叫似的聲音，三兩下就斷氣的喔。
往山裡走，我還看到一絲不掛，
倒在地上，下體被竹槍刺穿的女人呢。
還有人在老婆婆頭上點火。
阿姨真年輕呢。

地獄地獄。
喔……
湊到豬鹿了呢。
肚子餓了，肚子hungry。
等一下，那傢伙馬上就要回來了。
這陣子，
他們一家人已經幾乎接不到工作了。

男主人唯一的財產是價值兩百萬左右的裁縫布料，他變賣半數，
開了酒館，交給女人經營。
聽說一家人就靠她的工作維持生計。
次男大學落榜了嗎？
第一期落榜了。
不過第二期的申請書似乎沒提交呢。
真令人難過啊。
我們又不是有閒錢的家庭，
親子不齊心協力朝同一個目的地前進是不行的啊！
私立大學不行嗎？

名古屋的M大正在二次招生……
如果是那間，八成進得去。
很花錢吧？
首先……
要三十萬。
就鎖定私立吧。
之後的事，考進去再說。
那是你覺得妥當罷了吧。

之後他去了名古屋，我前往東京。
原本偶爾還有書信往來，不久後也停了。
接下來，

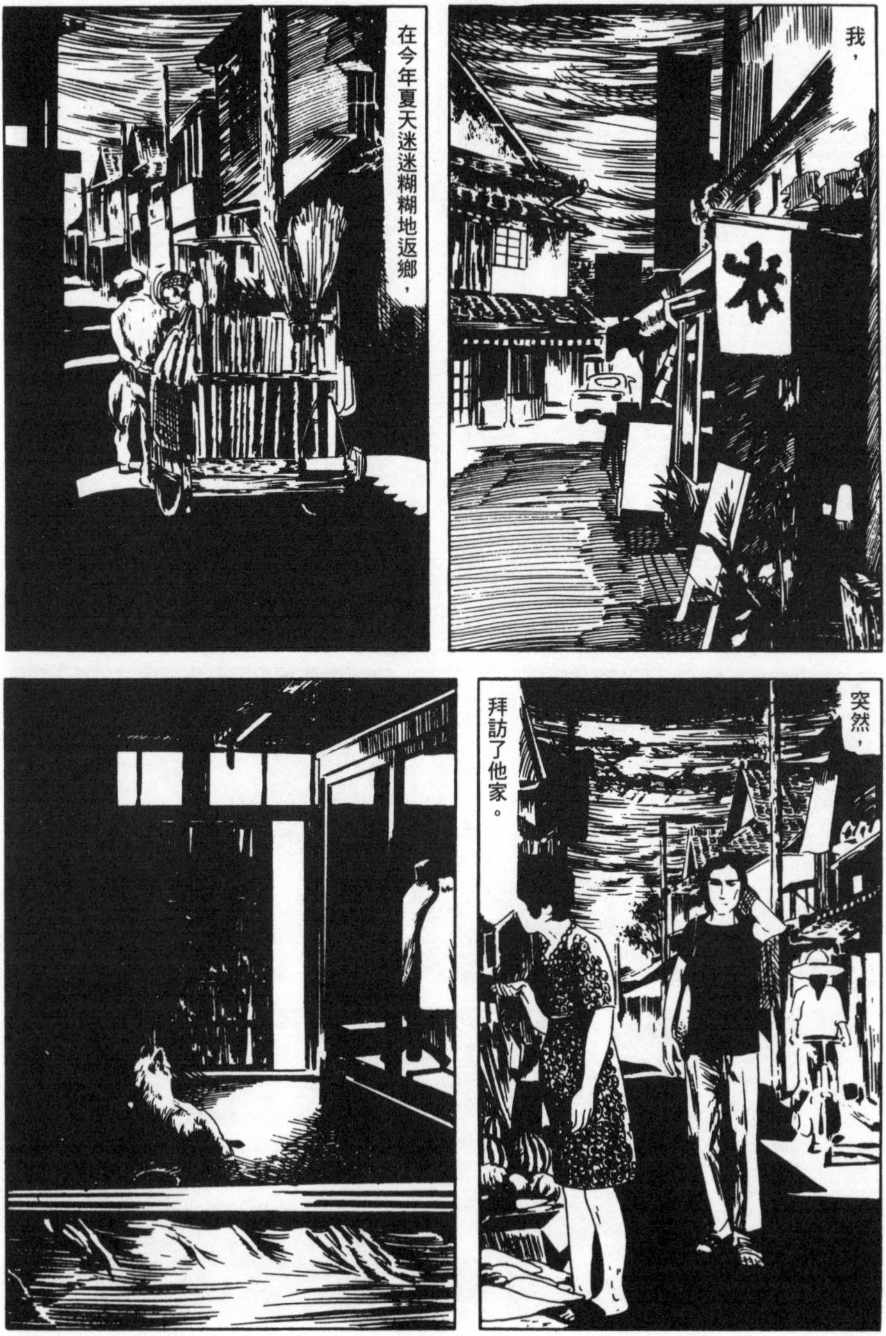
我，
在今年夏天迷迷糊糊地返鄉，
突然，
拜訪了他家。

想說你搞不好在……
來這趟真是來對了。
兩年沒見了吧？
你一點也沒變啊，
真懷念呢。
大學……有沒有老實去上課啊？
沒呀。
時薪一百六十元，在中華料理店包餃子。
我也出大事了啊。
房子的租金欠了八個月，學分也不夠。
老爸還說他性命垂危。
垂危？
我也嚇了一跳，買了Skymate[1]的票飛奔回來，結果呢！
老爸活蹦亂跳的嘛！
現在正在外頭打柏青哥。

1 以十二歲以上、未滿二十六歲的年輕人為對象的優惠機票。

得了胃潰瘍是沒錯啦……
嘮嘮叨叨的，一下要動手術一下又不要。
真辛苦呢。
啊，
小美代還好嗎？
你們還在一起吧？
是啊。
她應該變美了——
真想見見她呢。

話說回來……
真是來了個稀人呢……
好久不見了。
稀客。
是稀客。

呼——我醉了。
小福吃飯了嗎？
我們還沒吃喔。
飯在飯桶裡啊。
那是午餐吃的啊。
真貪吃啊，像個小鬼似的！
下去再說。
喔，這色狼說我不准這樣。
原來有我不能做的事呢。

起碼讓我吃飯吧。
哎呀——這人說的話傳出去能聽嗎！
沒人說不讓你吃飯呀…
說要動手術的人，
食慾一點也沒減少呢。
老公，
錢收了嗎？
收了啊。
收是收了，
不在我手邊。
交給小倉賽馬場了。
我受夠了……

欸，福子呀，
手術動不了了，
中元節也沒那麼快來……胃潰瘍吃藥治得好……
死了也好啦。
輸那麼多，死一死也好吧。
好啦——
該睡了吧。

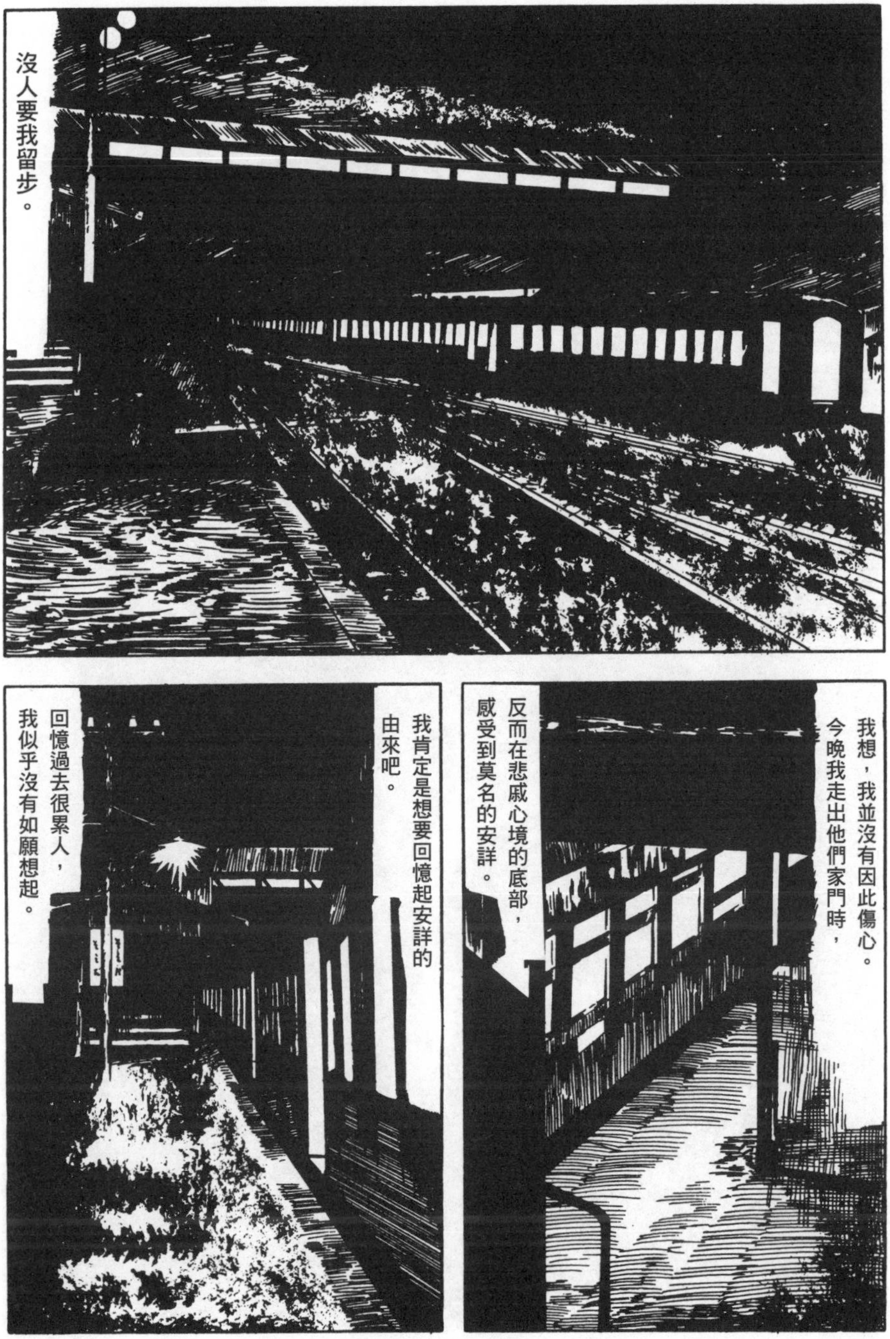
沒人要我留步。
我想，我並沒有因此傷心。
今晚我走出他們家門時，
反而在悲戚心境的底部，
感受到莫名的安詳。
我肯定是想要回憶起安詳的
由來吧。
回憶過去很累人，
我似乎沒有如願想起。

這兩天我幾乎沒睡到，身體發熱，甚至還頭痛。
我決定停止思考了。
火車馬上就會開了吧，
我茫然地想。
再稍等片刻就好。

無頼的身影
安部慎一

多摩川那裡，

有個渡口。
渡口
費用二十元
腳踏車三十元
看守小屋的老爺爺，

說他後繼無人，
所以，
我接下來要繼承那小屋，
一面過著仙人般的生活，
一面畫漫畫。這就是我的打算。

如何？
是椿美事吧？
有什麼好的？
有錢賺呀。光靠渡口，就能月收三萬。
加上漫畫的收入就有五萬，到時候我會報恩的。
誰的恩？
我眼前這位呀。
這位先生。
是喔。
你這樣說很令人感動呢。
當然的吧。

也會請你喝酒的。
了不起，了不起。
那橘子可以吃喔。
當然囉。
你還留在手邊啊，這種玩意兒。
你還真喜歡呢。
這個呢……
要這樣。

是超現實主義的那個呢…
原來啊！超現實主義啊！
真可愛——
你打算去哪啊？我不要喝酒喔。
想去錢湯呢。
泡澡嗎？這種時候泡？
騎那台車吧。
誰的啊？
不知道。
上路囉！

真好呢，他們在划小船。
我也好想和知子一起划船啊。
你那想法，真好呢。
在幹啥呀。
得營造個亮點才行……
這樣逗牠們……
也搞不出什麼大場面就是了。
是鴨子呀。

哎呀——有魚！有魚！好像很好吃呢。
嗯，這能吃。
是怪物！
這種魚很難吃呢。
是呀！這麼大！會很難吃的。
……
差不多該回去了吧？

說什麼屁話啊，
蠢蛋！
什麼呀，
為什麼突然發火啊！
我只是問你要不要回去，
不是嗎？
是不是腦袋有毛病啊。
喔！
太好了！
太好了！
又怎麼
啦？
你還真會麻煩
別人呀。
好— 好—
真適合你呀，
好個小鬼。
風情萬種呢。

這位先生有錢嗎！
小的一毛錢也沒有喔！
別喊那麼大聲啦。
小的不喝酒喔。
你真是不體貼呢。
這位先生自己想喝不是嗎！
知道了，知道了，我不說了。
哎，紅葉。
真催淚呢。

小的……
可以問一件事嗎？
你不會生氣吧？
什麼事？
這位先生，過年會回老家嗎？
不會。
那麼……
小的也喝一杯。
呼……

天色暗下來了呢。

阿佐谷
殉情

我做了一個
可怕的夢。

我在高中體育館
比劍道，
結果對方的
竹刀不知不覺間
變成真刀，

嚓一聲，
砍傷了我呢。
真的很痛耶。
齁——

啪嚓
真討人厭呢。
哎呀——我不喝囉。
懶鬼我不奉陪！
早安。
喝酒解酒，喝酒解酒。
明天就要工作了呢。
什麼啊，天已經黑啦。

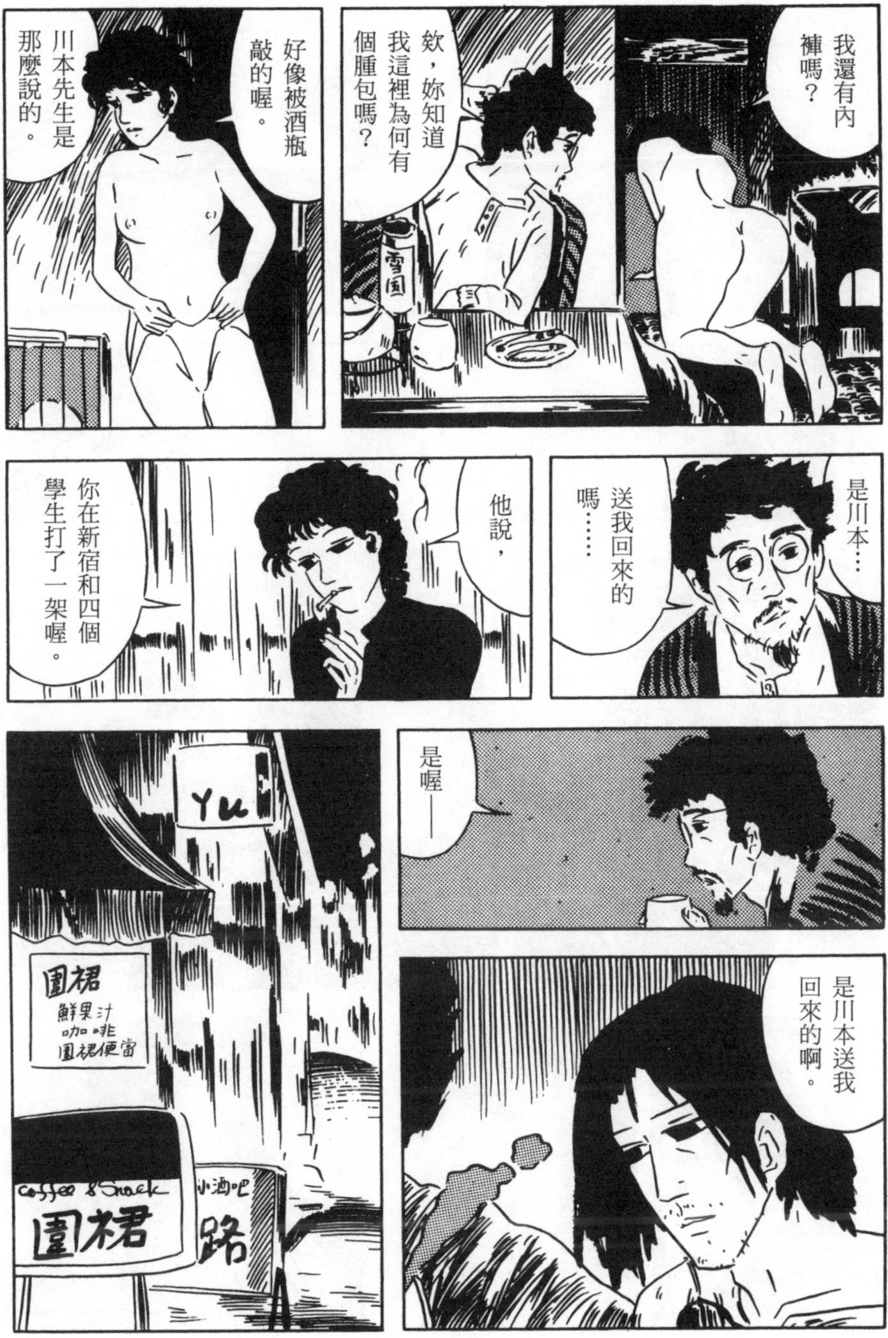
我還有內褲嗎？
欸，妳知道我這裡為何有個腫包嗎？
雪国
好像被酒瓶敲的喔。
川本先生是那麼說的。
是川本……送我回來的嗎……
他說，
你在新宿和四個學生打了一架喔。
是喔——
是川本送我回來的啊。
YU
圍裙
鮮果汁
咖啡
圍裙便當
coffee & Snack
圍裙
小酒吧
路

一個人
顧啊？
老闆說會
晚點到。
信太郎
呢？
在房間裡喝
酒解酒。
哈哈。
真要命呢，
我去看看
好了。
什麼呀，
小美代，
妳有老公啊。
沒有喔。

感覺會是很不快的一年呢。
在說我嗎？
嘿。
該怎麼說呢，路似乎不通呢。
不過啊，
就算只是賭一口氣，我也想相信自己。
彷彿去相信，就能夠復仇似的。
向誰復仇？
不知道。
總之，我呢，
會請家裡再給我一年生活費。
要不要出門啊！反正現在做不了工作吧？
我有三千元。

這條路很讚吧。
走在這會心跳加速呢。
今天也去上學了嗎？
有。
真行呢你。
我大學會順利畢業的喔。
呼。
能不能下場雪呀。

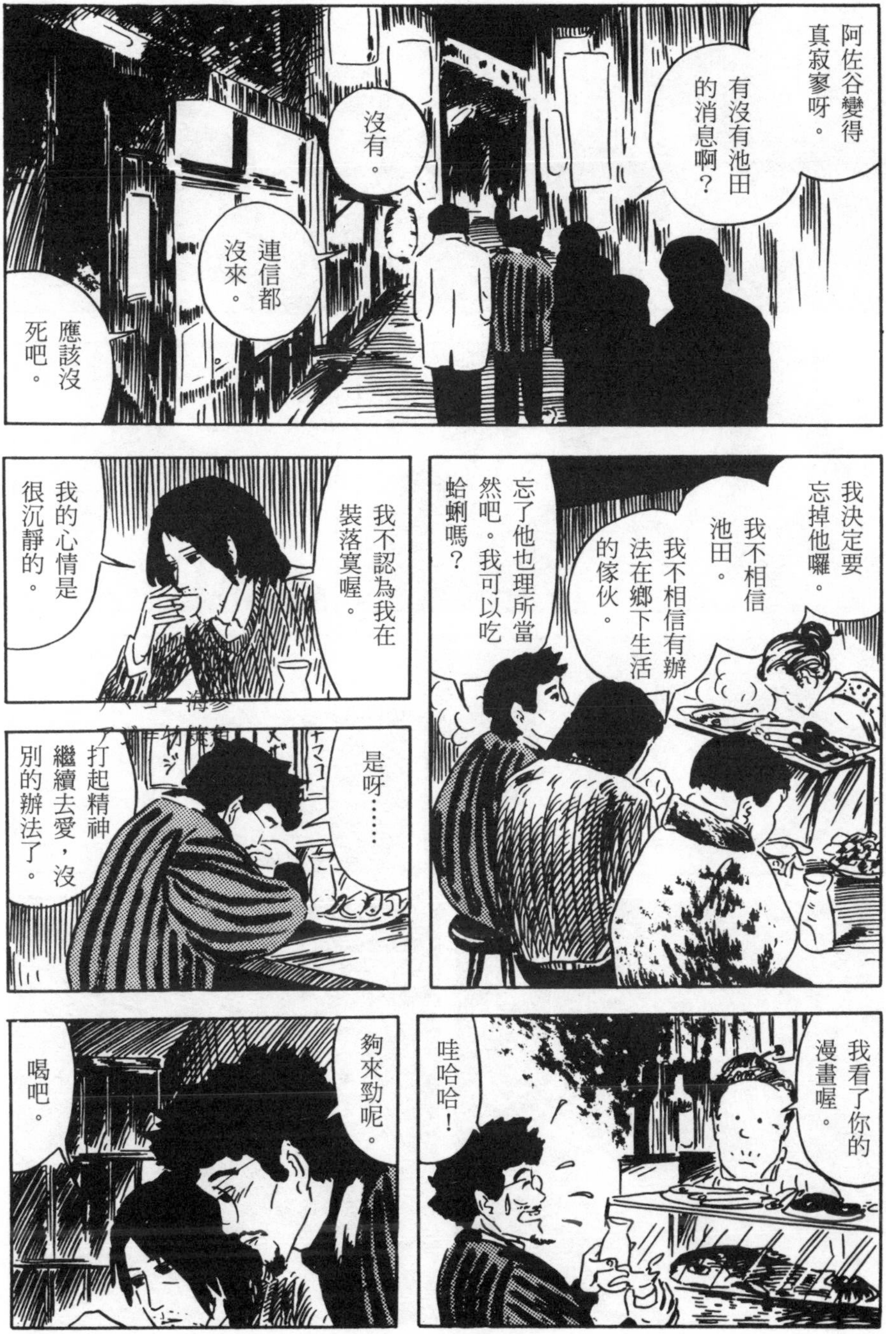
阿佐谷變得真寂寥呀。
有沒有池田的消息啊？
沒有。
連信都沒來。
應該沒死吧。
我決定要忘掉他囉。
我不相信池田。
我不相信有辦法在鄉下生活的傢伙。
忘了他也理所當然吧。我可以吃蛤蜊嗎？
我不認為我在裝落寞喔。
我的心情是很沉靜的。
是呀……
打起精神繼續去愛，沒別的辦法了。
我看了你的漫畫喔。
哇哈哈！
夠來勁呢。
喝吧。

不想確認呢，
什麼都不想。
蛤蜊
蛤蜊
真是奢侈呢。
まぐり
嗯——
所以啊，
我不就說了嗎！
說什麼啊？
女人啊！女人那個…

呼。
啊就………
該怎麼說呢。
簡單說，川本啊，
你可以和我家的小美代偷情喔。
哇，花店半夜開著。
喝不夠呢。
房間裡有白牌呢。
我的意思是啊……
就是這裡啊。
小美代在這裡尿尿過喔。
就是這麼一回事。

果然，
比起剛剛那條路，還是這條好……
明亮的路比較好啊。
真希望幹架變厲害呢。
偶爾來學校玩就好啦。
比個劍道吧。
老實說，
我蹲在她後面，
摸了她的尿。
妳在家啊。

喝什麼？
摻水喝吧。
我不喝了。
那時……
喝醉的池田，
在那麼寒冷的時節跳進了石神井的池子不是嗎？
而且還這樣揮手呢。
喂——
你們一起揮個手——
我沒事啦。

蠢貨！去死啦！
池田啊，好了啦，快回來啦——
少瞧不起人了！
他那樣很糟糕啊！
對啊！
那樣很糟啊。

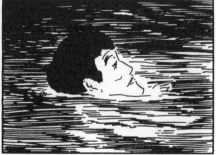

雖然糟糕，
雖然糟糕……
但也很可憐不是嗎！

我差不多該回去了。
等一下啊。
做什麼？
等一下，怎麼回事啊？
妳今晚偷吃吧。
我走囉。

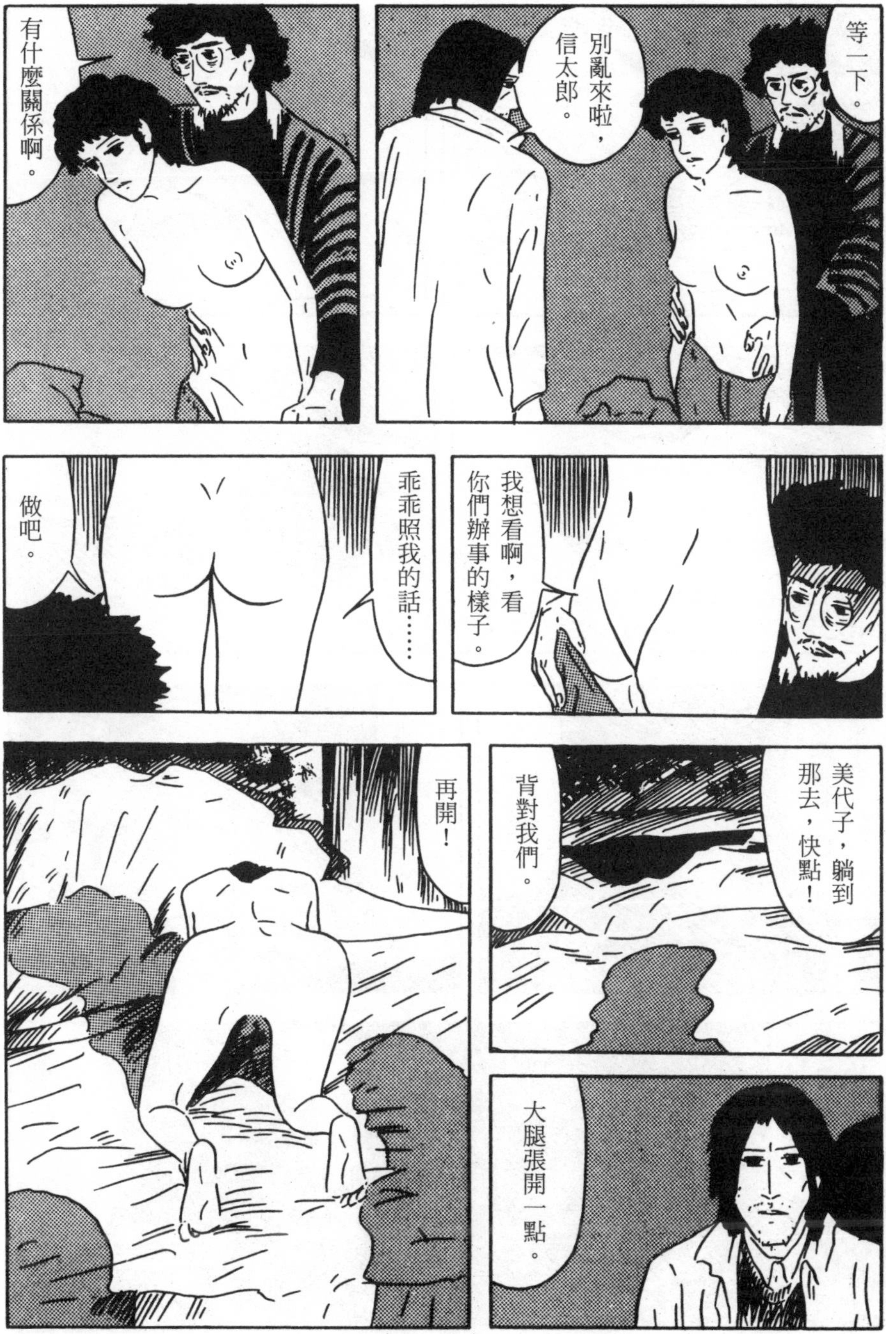

等一下。
別亂來啦，信太郎。
有什麼關係啊。
我想看啊，看你們辦事的樣子。
乖乖照我的話……
做吧。
美代子，躺到那去，快點！
背對我們。
大腿張開一點。
再開！

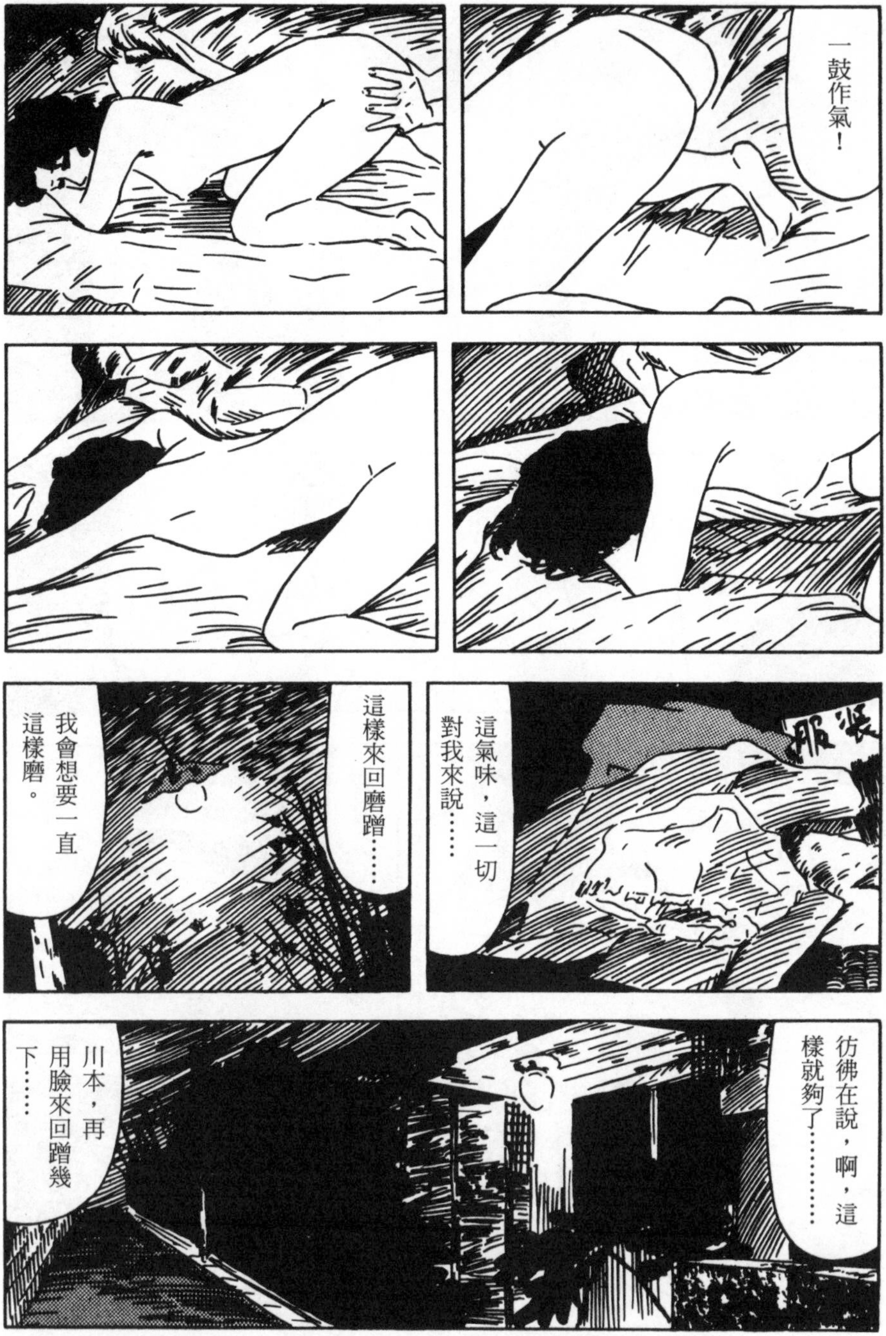
一鼓作氣！
這氣味，這一切
對我來說……
這樣來回磨蹭……
我會想要一直
這樣磨。
彷彿在說，啊，這
樣就夠了………
川本，再
用臉來回蹭幾
下……

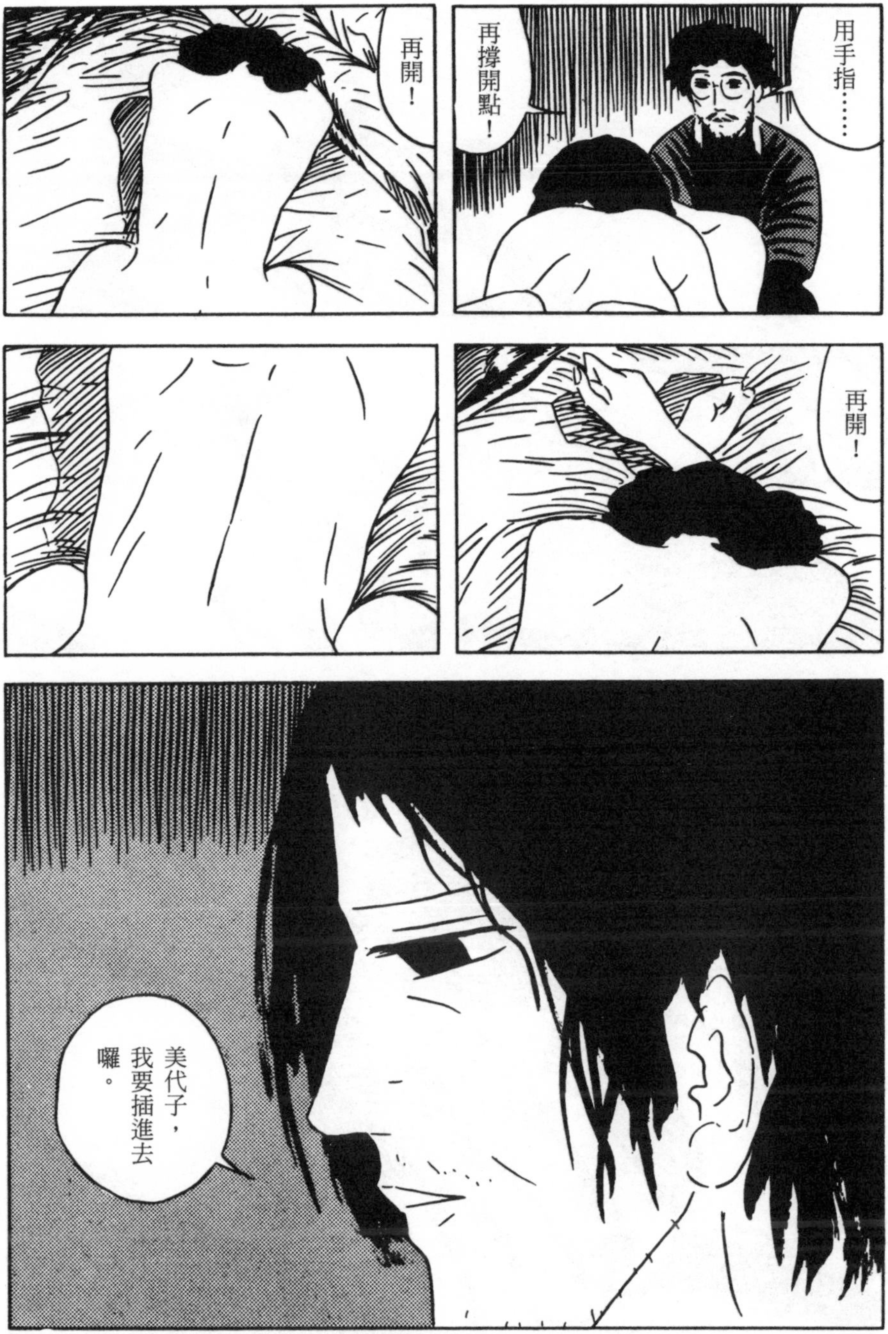
用手指……
再撐開點！
再開！
再開！
美代子，我要插進去囉。

濡
ちゅっ

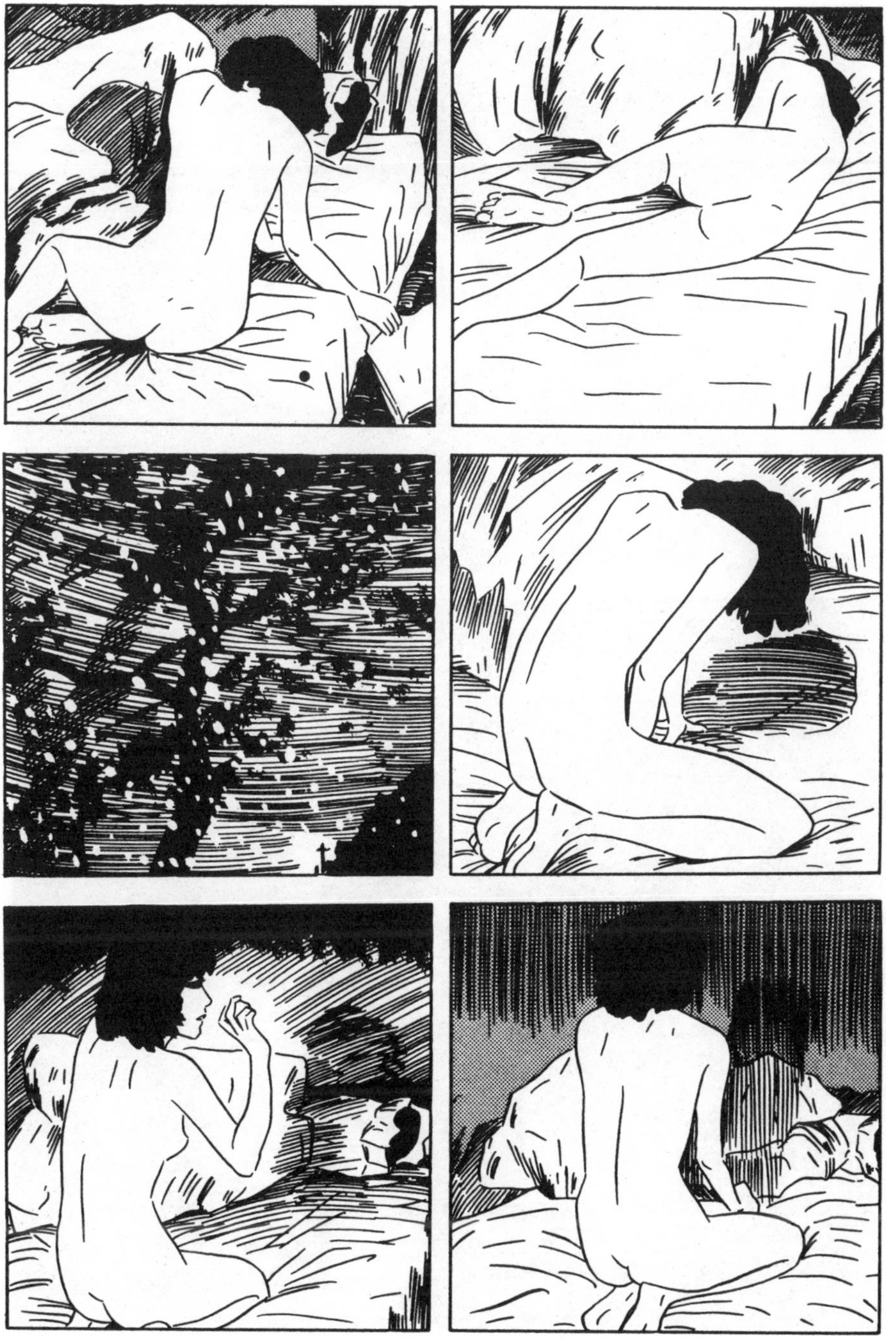

手槍
安部慎一

玩具 菓子
買個什麼回去吧。

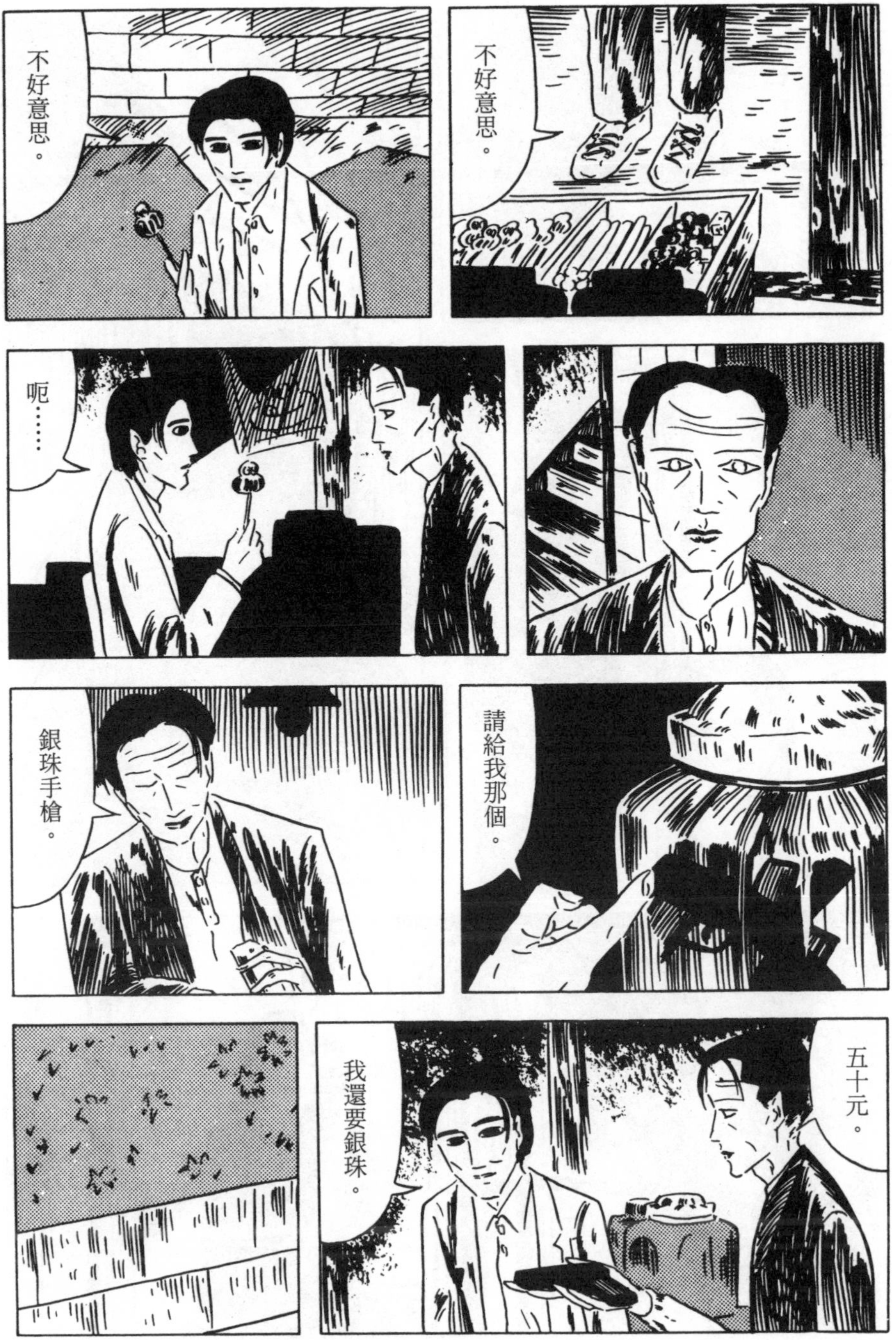
不好意思。
不好意思。
呃……
銀珠手槍。
請給我那個。
五十元。
我還要銀珠。

你剛剛在哪？
真晚回來呢。
我從新宿走回來的。
像個蠢蛋。

肚子餓嗎？
要吃點什麼嗎？
不用…
肚子不餓嗎？
今天去了一趟出版社。
呼…
真不得了啊。
所以才從新宿走回來啊。
一邊走，一邊東想西想。

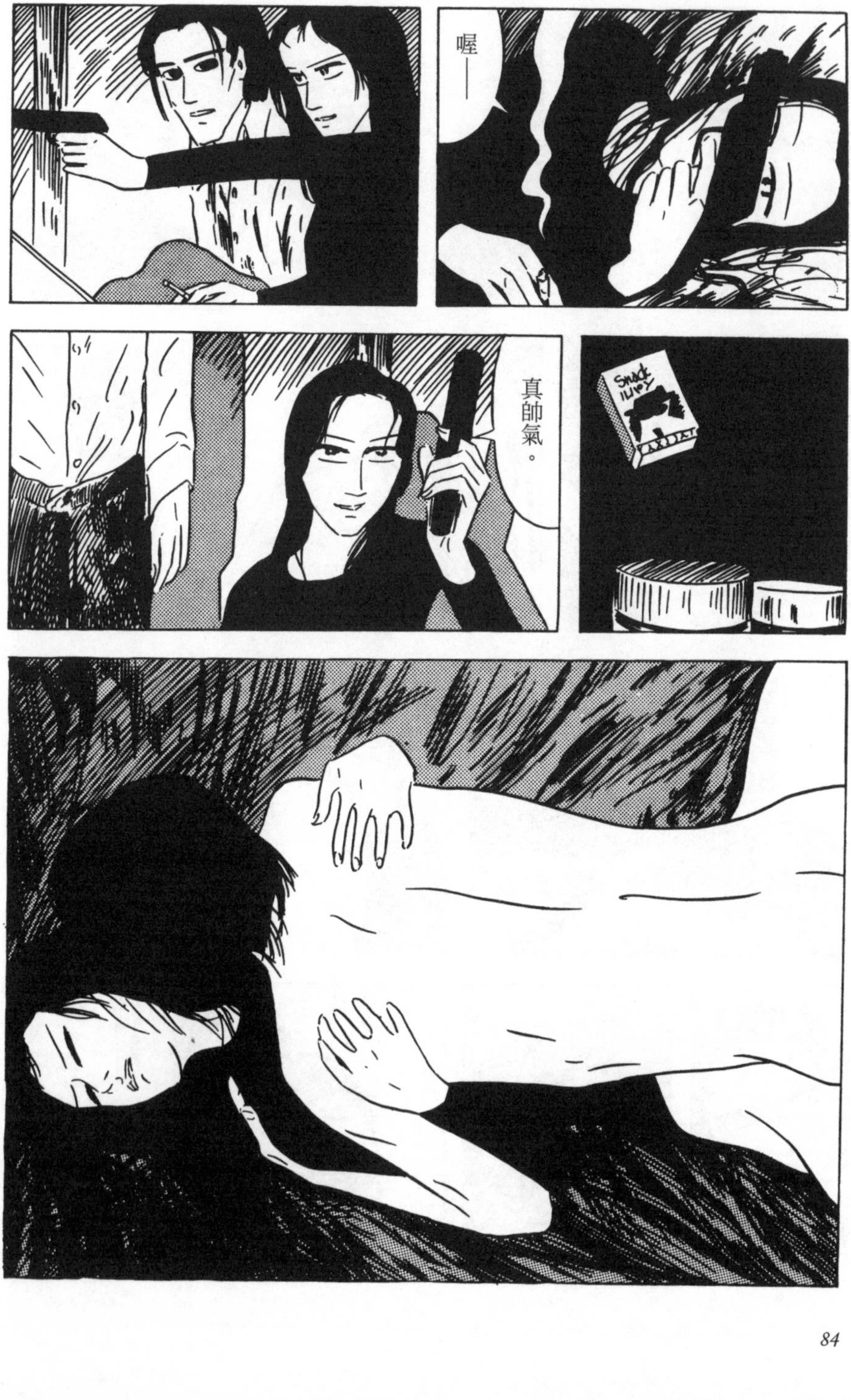
喔——
真帥氣。

真理子，給人的感覺很好呢。
為什麼？
就是感覺。
給我菸。
最近不知怎麼地，老是在放空。
There are places I'll remember~
In my life I'll love you more

真好聽呢，披頭四。
要不要去我房間？
眼淚快流出來了。
這湯燉得頗好吃的耶。

最近有誰來過嗎？
沒人來。
也沒人寫信來吧。
不久前，收到了學費催繳單。
呵。
吃相再津津有味一點嘛，這很好吃啊。
該怎麼說呢，好想盡情……
大吃牛排之類的。
今晚我請妳吧。

怎麼辦呢……
真理子，趕快結婚吧。
然後舉辦派對吧。
要繞到我那邊一下嗎？
不要。
對不起。

很舒服喔。
我也是。

編輯怎麼說？
上衣口袋裡有錢。
他們要我畫黑道或色情題材。
所以才刻意預借我錢。
你要睡了？
現在幾點？
八點。

我們去吃點好吃的吧。
要睡要吃都行。
給妳一萬。
為什麼？
我會畫喔。
我要稍微認真起來，
好好賺錢。
之後租一間便宜的公寓，
在那裡包養妳。
還真行。

可以吃了吧。
可以了吧。
變色就能吃了。
涮，涮，涮。
會心跳加速呢。

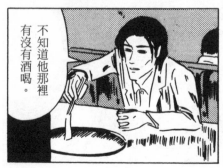

大家不知過得如何呀……
真好吃。
久違地去岩猿那裡坐坐吧。
不知道他那裡有沒有酒喝。

我在等妳耶！
オレは待ってるぜ
再走快一點啦。
為什麼？

我才在想你最近不知過得怎樣呢。
房間變擠了吧。
真厲害呀，連電視都有。
因為我有打工啊。
喝咖啡就好吧？
我想K子馬上就要到家了。

K子小姐還在不動產業嗎？
我叫她辭掉了。
要加一點嗎？很好喝喔。
這是先前三倉帶來的。
我們偶爾會夜飲。
你最近不太喝嗎？
不……
還是會喝啊。
我是什麼時候和編輯M喝酒去了？
應該是前天晚上，再之前是和I喝。
喝滿多的喔。

要不要聽新歌？
頗受班上同學好評喔。
我回來了。
我會輕聲唱呀～歌
パ4パ4
啪啪
弄點吃的給我們吧。
好。
差不多該走了吧？
要回去了？
找個地方小喝一下。

不好意思啊。
不會……
再過來喔。
晚安。
你要去喝酒？
不知道。
想找個地方坐坐呢。

パチ
啪啪
哎呀，謝謝。
我受寵若驚。
喔？
您是畫漫畫的呀。
話說回來，尊夫人真是大美女呀。
では！
那麼
我來唱個一首。
ガチャン
匡啷

吵死啦！你們不過是些遊手好閒的傢伙！
唱什麼看盡世事的歌！不許唱！
好了啦，小山。
我看這傢伙不順眼！
你在說什麼啊！
がっ
咚
がっ
咚

混帳～～
小山，我叫你住手！
這位小哥，你也要掂掂自己的斤兩才行啊。
那些人呢？
似乎在你們吵到一半的時候回去了。
連我們的酒錢也付了。
啊……
怎麼啦？
我吐一下。

嗚
嗚嗚
欸……

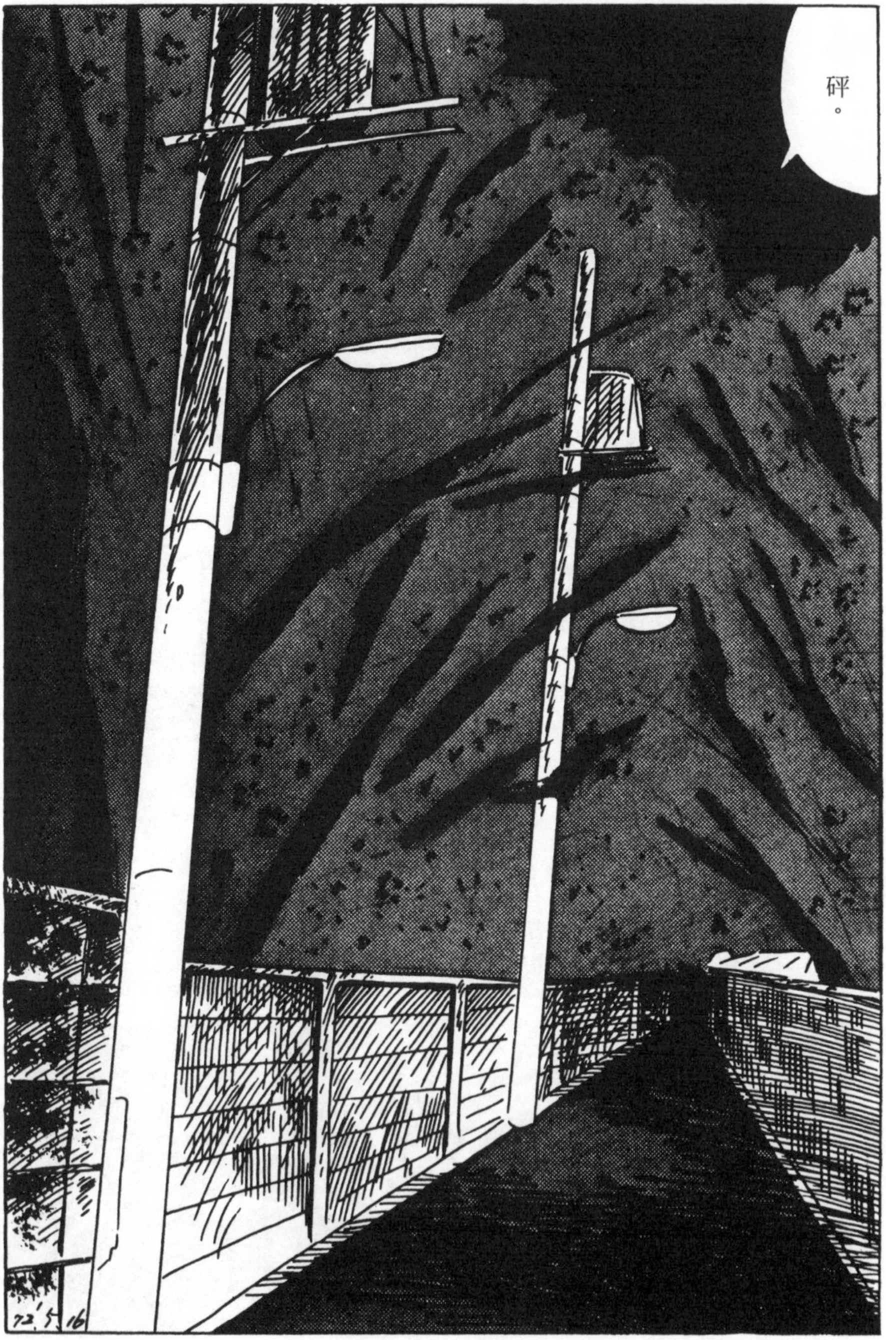
砰。

# 河

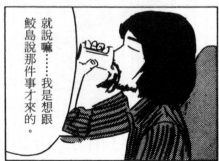

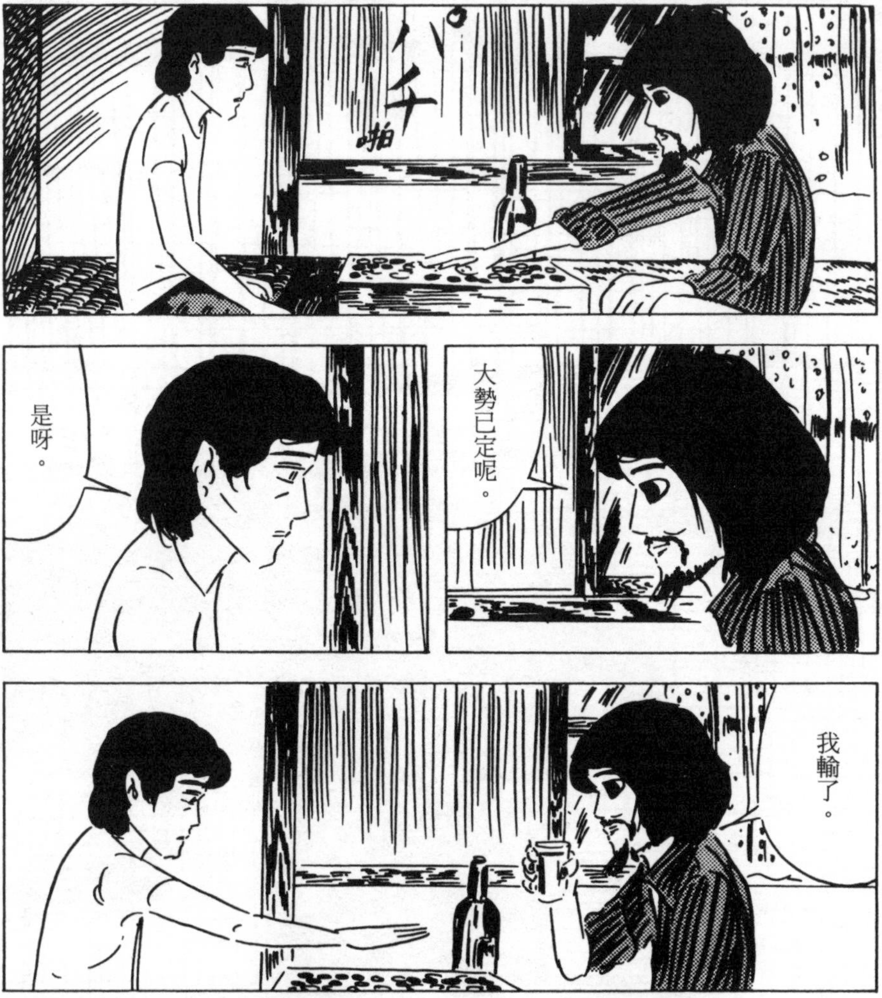
パチ
啪
大勢已定呢。
是呀。
我輸了。
她還沒回去嗎？
就說嘛……我是想跟
鮫島說那件事才來的。

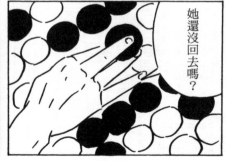

ジャラ
喳啦
哪件事呢？
我剛剛回想起來的那件怪事。
任何人都會有一、兩次溺水瀕死記憶不是嗎？
可是，
我還是第一次那樣回想起來呢。
昨晚，真知子小姐來了一趟。
她還真行呢。
パチ
啪
昨晚十點左右來的。

有人在嗎？
出什麼事了嗎？都這麼晚了。請進吧。
對不起，我在想，他搞不好會在你這裡。
請稍待，我去幫妳找找看。
啊，不用了。

人不在鮫島先生這裡的話，
我心裡大概有個底了。
我朋友住在三鷹，
他大概在那。
男人嗎？
女人。
這房間真好呢。
酒興彷彿都上來了。
那我去買酒來吧。
不用了，謝謝你。
鮫島先生正在寫小說嗎？

一點一點推進中。
加油喔。
鮫島先生的房間，真的什麼也沒有耶。
真知子小姐不偷吃嗎？
先前……
真是搞得天翻地覆呢。
他和我和我朋友聚在一起，
結果他要她裸體。

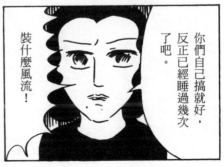

妳也脫啊。
パシッ啪
大色魔。
你們自己搞就好，反正已經睡過幾次了吧。
裝什麼風流！
我在這裡看著，你們就當場搞啊。
反正你是大色魔嘛。

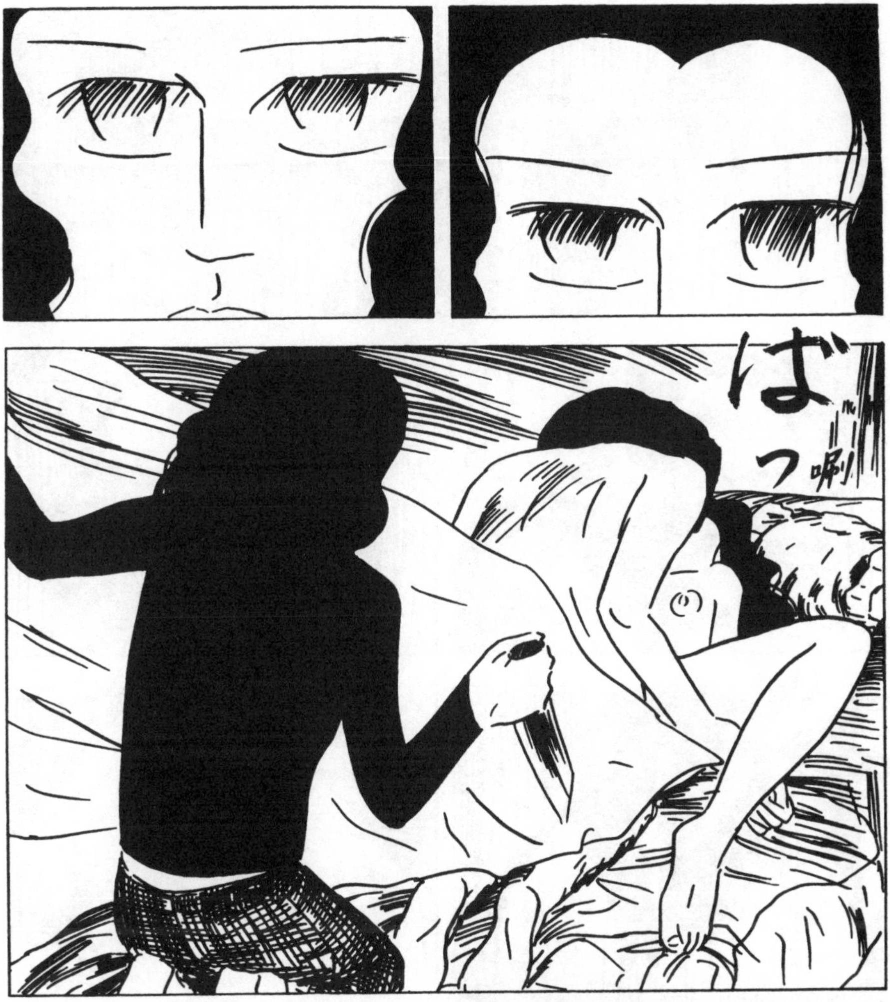
ばっ
唰
哼！蠢透了。
我要去上班了。

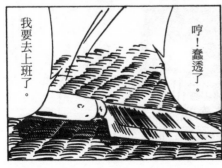

呼。
ザ
沙

ツ
沙
出去！這可是我的房間。
快一點喔，快……出去喔。
我說滾出去！
你們兩個都滾出去啦！

回去啦！
回去啦。
後來，
真知子小姐在十二點左右回來了。
我送她回住處，然後直接搭計程車回來。
真是勞煩你了呢。
是呀。
今晚要寫作嗎？
我手邊有點錢呢。

我昨晚在埼玉過了一夜，住國中時代的老師家。
他家就在河邊。
鮫島有時候會不會突然很想看河啊……
你還真是愛住一些怪地方耶。
雞
蛤蜊
海瓜子
烏賊
很怪嗎？
很糟糕的嗜好。
不過責任在我嗎？
應該是鮫島的責任吧。
我不該寫小說的，真不好意思喔——像這種感覺是吧。
哈哈。
沒辦法呀，
我從家裡拿生活費，而你領失業保險，
我拿你的錢喝酒，
就是得向你賠不是。

真卑鄙啊，你們兩個。
很卑鄙不是嗎？
好！我們走吧！那須！
去看你那個吧，看那個哀傷的情婦吧！
找個地方買酒吧。
那須，是花！
花開了！

是我。
怎麼來了！
他是鮫島，我們在阿佐谷喝到剛剛。
酒要加冰塊嗎？
好的。
今天早上真知子來了，
我們一起吃了一頓飯喔。

兩人一起說你壞話等等的。
鮫島對女人的嗜好才糟糕吧。
一樣啦！
你們都一樣！
女人也好，男人也好！
那種調調不叫正義！是絕望啊，是絕望引人憐憫的面向！
你們假裝看透一切，其實只是怠惰，不是嗎？
來比腕力吧。
嘿！可別小看人，小說家怎麼能輸給勞動者呢！

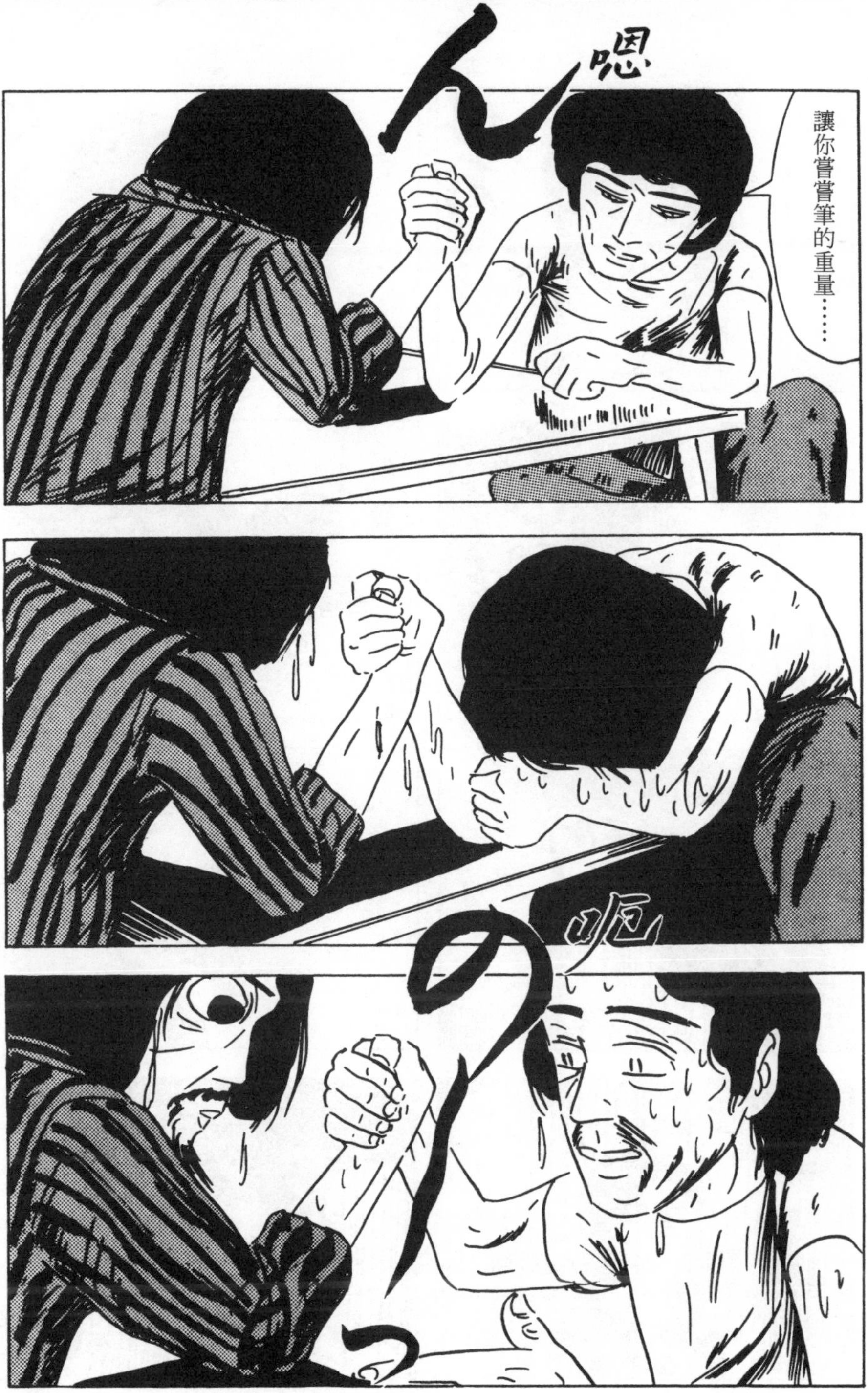
ん
嗯
讓你嘗嘗筆的重量……
呃
の

はあ
呼
鮫島，我也很難受啊，這樣很差勁嗎？
はあ
呼
我當然也知道你難受。
好！去下一家吧。
要去哪啊？
我要回去了。
那就我們兩個去吧……
那須今晚會回家嗎？
不會回去呀。

別回去比較好。
謝謝你。
菸灰長得快變成蛇囉。
收傘吧。

司機，不去阿佐谷了，改去常盤台。
現在幾點呢？
十二點。
晚安。
是鮫島嗎？

請進，門開著。
對不起，我現在收拾。
還真是手忙腳亂呢。
你怎麼來了？
說穿了，妳這是明知故問吧。

和他分手吧，別管那種男人了。
昨晚呀，他說他在國中時代的某某老師家過夜。
可能是水野老師吧。
到底是誰不重要吧。
他以前是我們班的級任導師。
我和她的。
妳果然被他迷住了呀……
沒那回事喔。
不，你被他迷住了。
你真奇怪耶。

明天，要不要一起去看河？
妳啊，不可以等他回來。
喵—
還好嗎？
我今晚要在這過夜喔。
溫泉

妳不睡嗎？
不睡。
舒服點了嗎？

真知子真是個好名字呢。
很好笑喔。小學的時候，
別人說我叫這名字將來一定會很不幸。
我老家是在鄉下嘛，所以爸媽都把那說法當真，非常擔心我。
可累人了。
那須也讀同一所小學嗎？
是呀……
不過我對當時的他沒什麼印象。

我看過真知子小姐的裸體喔。
是在去年夏天，我們還有那須一起……
去海邊的時候。

我遠遠地看著。

那時的妳很
美麗。
為什麼？

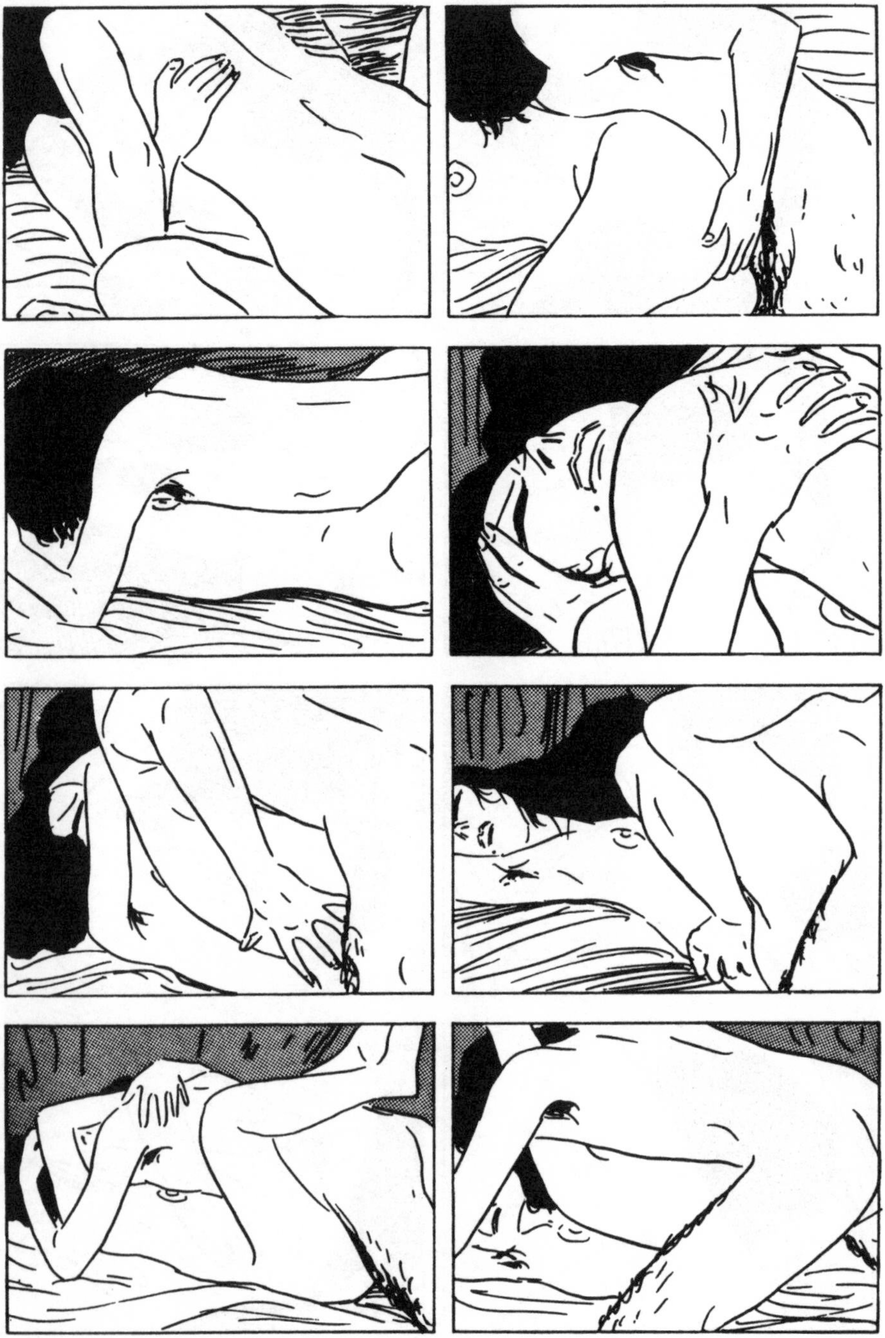

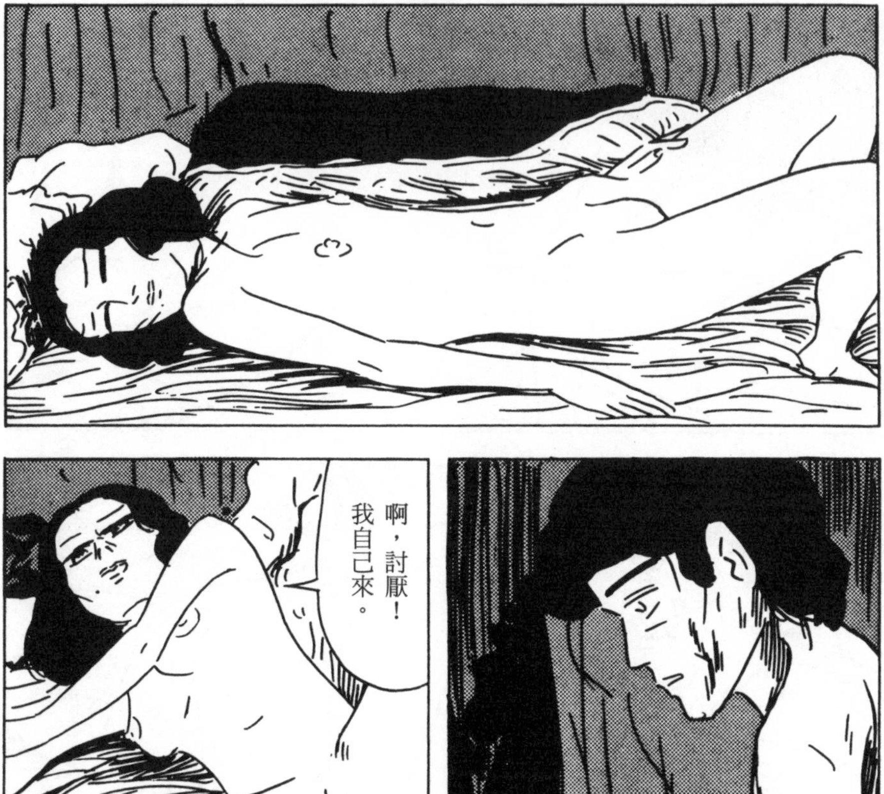
啊，討厭！我自己來。
妳別動！

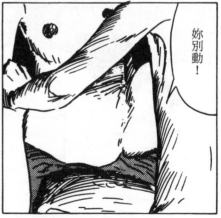

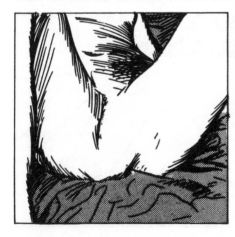

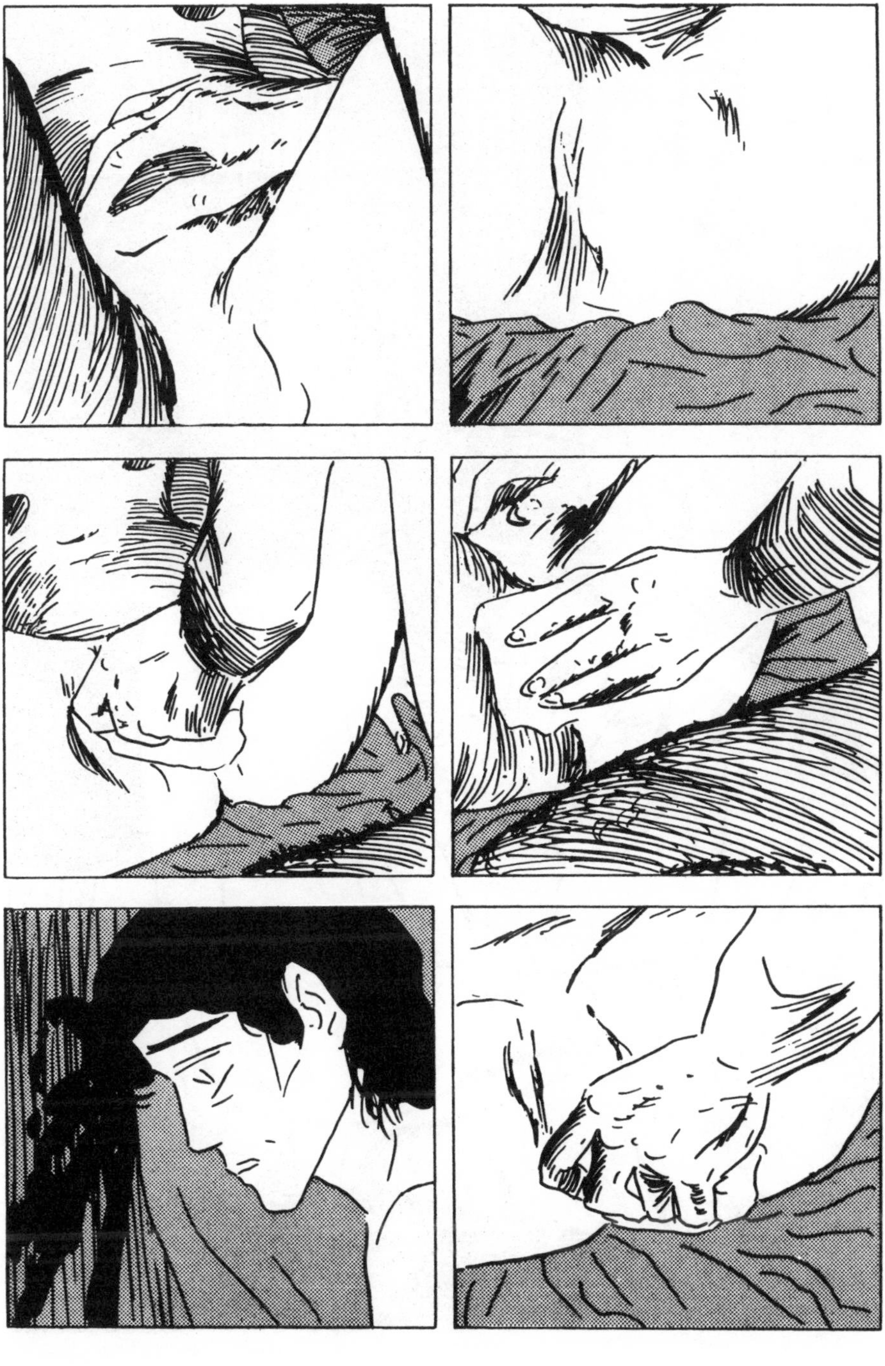

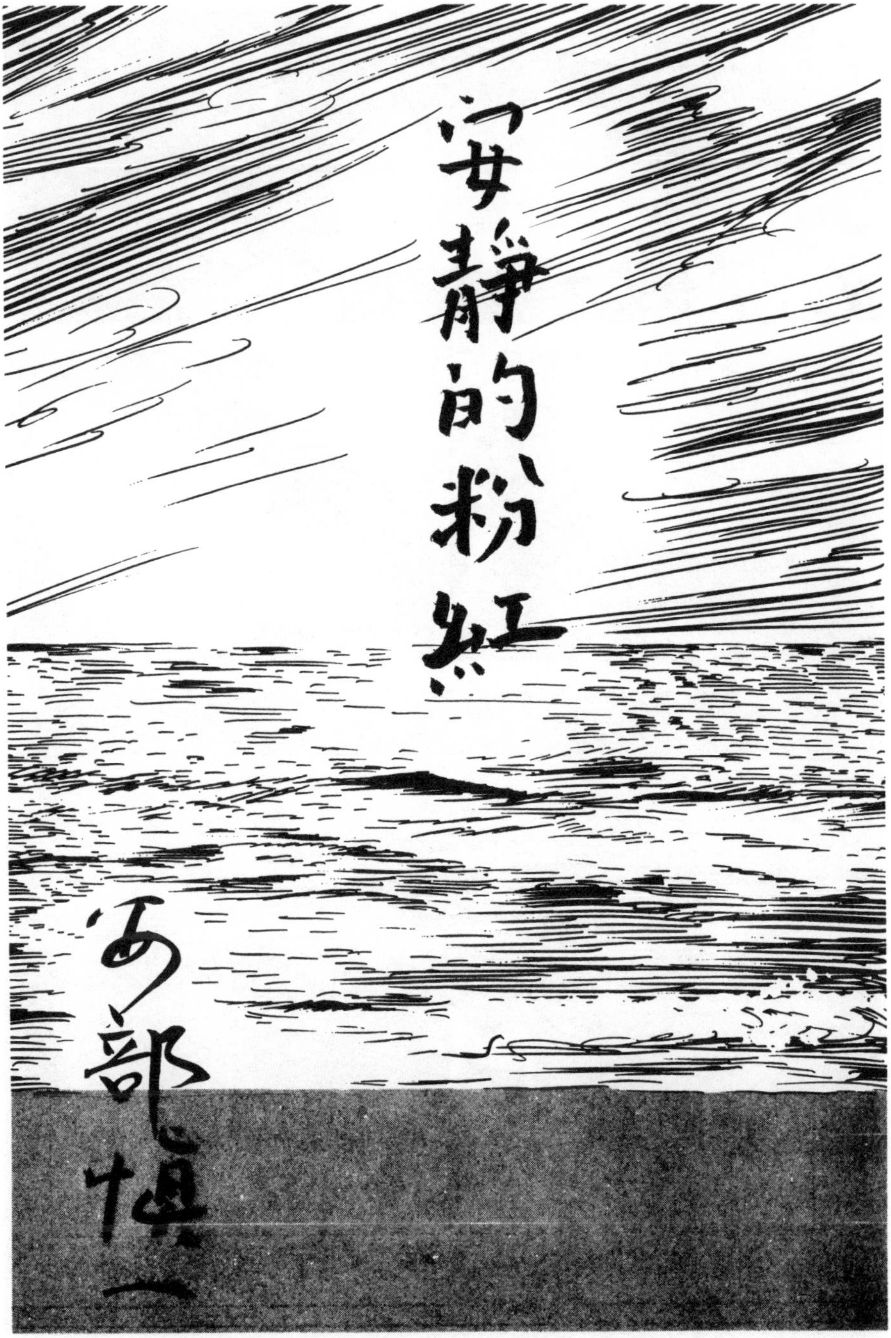
安靜的粉紅
阿部慎一

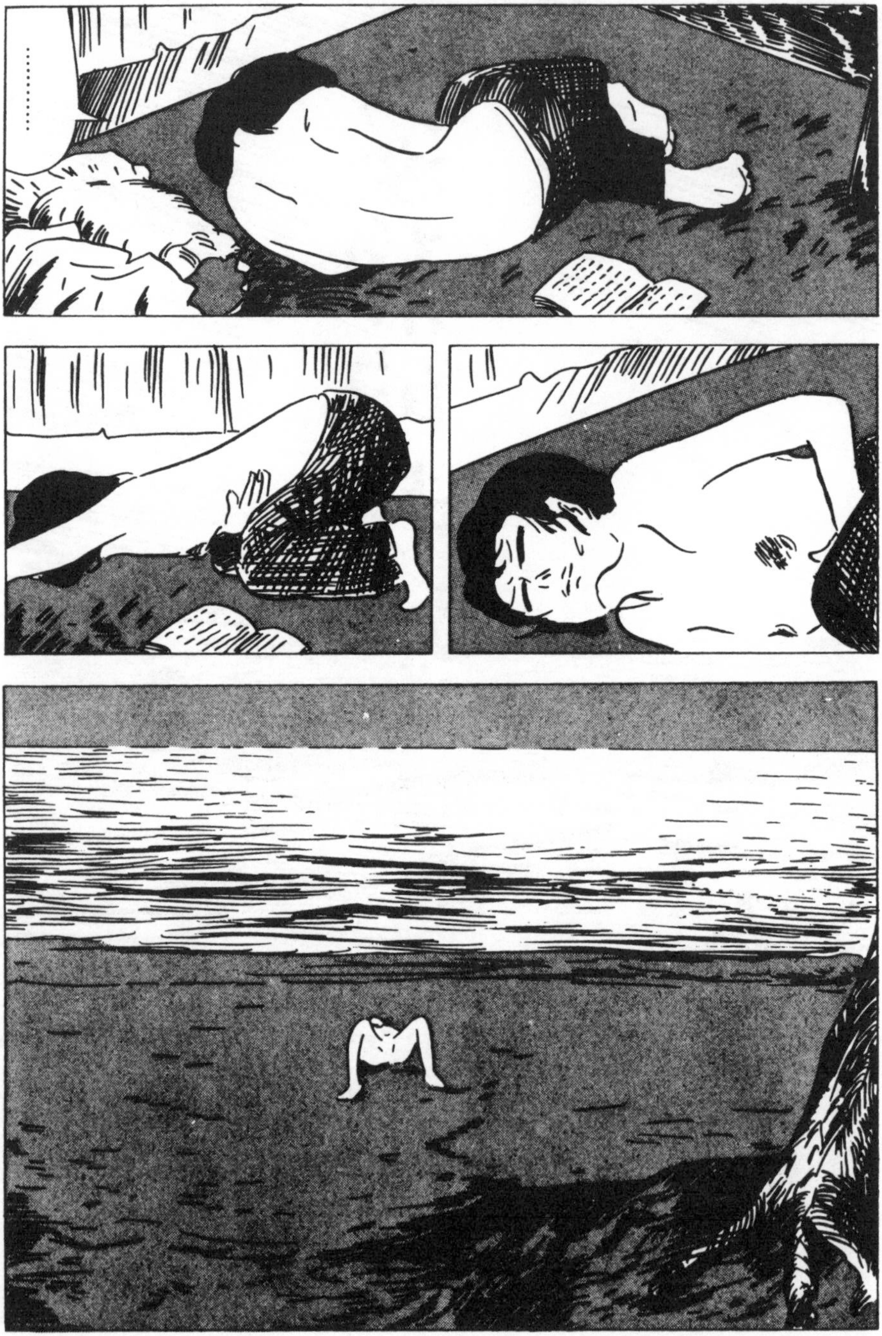

呼……
コッ
叩叩
小綠，在嗎？
啊，等我一下。
妳剛剛在做啥？
剛剛可慘了，胃很痛。
是喔——
會不會是胃痙攣？
我有一大堆有的沒的煩惱啊。
夏天結束了……

是喔——
パラ
啪啦
……
渡邊今天去哪了？
啊，他？他呀。
ポイ
扔
我叫他在外頭的喫茶店等我。
麥茶真好喝呢。
不要緊嗎？
沒事沒事，
喝個一杯咖啡就能拖兩個小時了。
真行呀。
真的像個蠢蛋似的。

他還說小綠穩重又神秘，
我當著他的面笑了呢。
有菸嗎？
啊……沒了。
等一下，用紅茶試試吧。
小說提到的方法。
喔，藍儂耶，好懷念喔。
LP! THE BEATLES
真年輕耶。
這沒問題吧？
我比較愛抽菸屁股。
ゴホ
咳
哇，真嗆！
……
我差不多要走了。

省省吧，不用送我啦。
嗯，我剛好想去澡堂一趟。
小綠，妳穿的襯衫真帥氣呢。
啊……這個啊……
但你不會想趕快穿大衣嗎？
大衣嗎……
你要買給我喔！誰叫你插嘴！絕對要買給我！
喔，喔，喔，喔。
呀～～～
嘩啦！
安靜下來！

呀～～～
呀～～～
呀～～～
呀～～～
安靜下來！
媽媽。

這個姐姐趁我泡澡的時候搶走了我的位置喔～～
咦？
過來這裡！
哇——哇——哇——
可是我不想原諒她，我覺得我才是對的，先坐的人有權利坐！
ギャ～～ア
呀
這樣才對吧？就算位子有很多，也有只有我可以坐的位子吧！
安靜下來！

バシャ！！
嘩啦！
ザー
沙

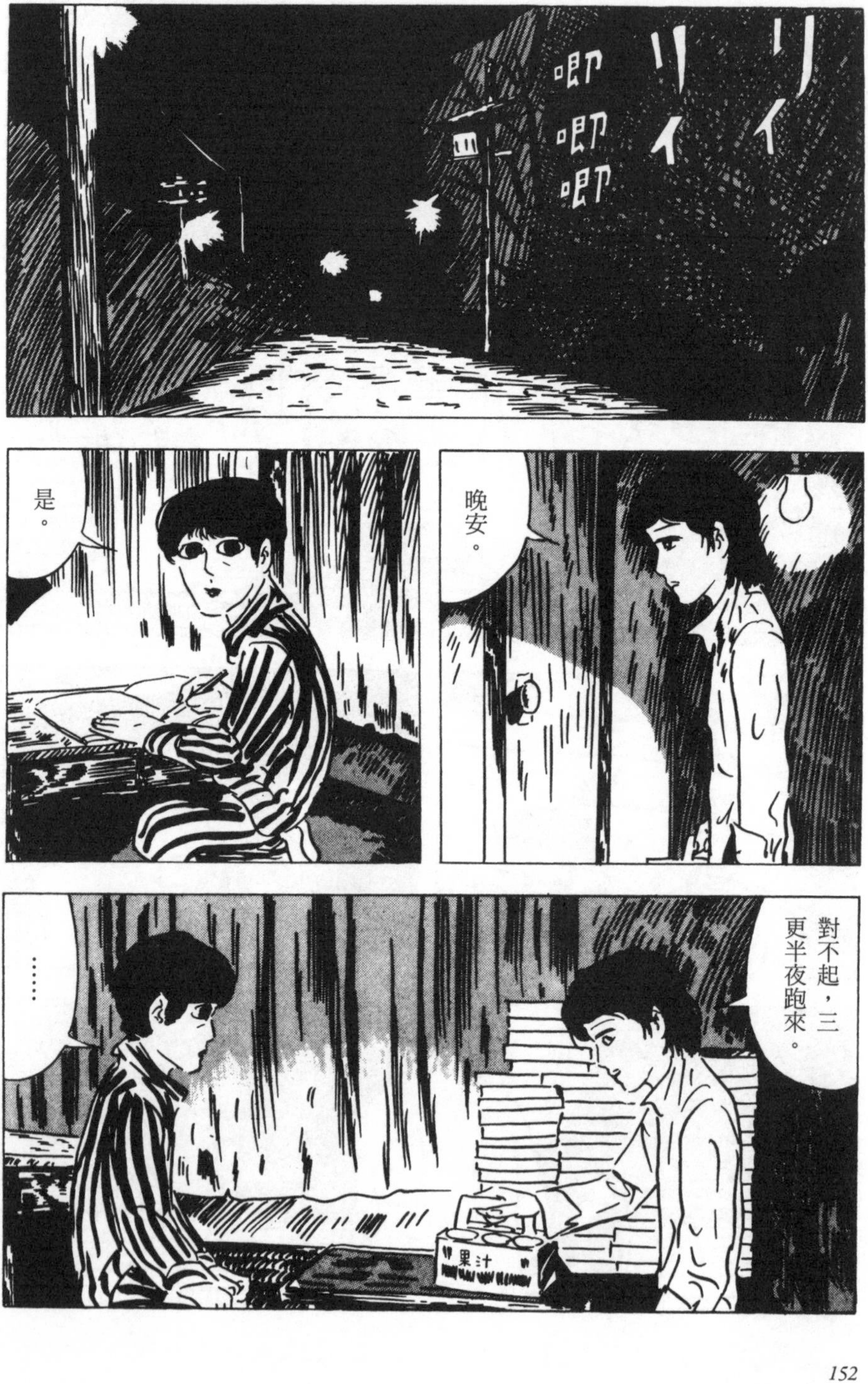

リィ
リィ
唧唧唧
晚安。
是。
對不起，三更半夜跑來。
……
果汁

讀完的書增加不少呢。
沒其他事可幹呀。
有誰會來嗎？
好像不會有人來了呢。
果汁，我可以喝嗎？

這要是摻蘇打水會很搭呢。
只有葡萄味的話有點太甜了吧。
是喔——
我想喝杯熱咖啡耶。
這樣太奢侈了吧。
真好喝！
喝得出是什麼嗎？
嗯？
等我一下。

考試考完了嗎？
差不多了。
你好像很累。
一直持續輕微發燒呢。
很難受吧。
ジュース

呃……
喝不出來！
真沒用耶。
体育会

謝謝你招待的咖啡。
不知道還有沒有公車呢。
妳要回家嗎？

拖太晚就不好了。
謝謝……

降落傘
安部慎一

熱死了。
妳回來啦！
蘋果
りんご

吃過了嗎？
還沒……
起碼先炊個飯，我回來很快就能吃晚餐了呀。你卻不弄。
慢慢來沒差啊。
我生氣的話你也沒差啦！
對不起。
妳把打工辭掉吧。

為什麼？
妳原本就在考慮啊。
辭了又能怎樣呢？
我想再努力一點呀。
為何又突然這樣說。
妳先去睡吧。
我先睡了。
總之，至少下個月休息吧。
然後呢，

今晚開始，睡覺的時候脫光衣服睡。
討厭～～～
回嘴回個沒完，吵死啦！
照我的話做就對了！
蠢蛋！
不准碰我喔。
小美代已經累了。
裸體真棒呢。
加油囉。

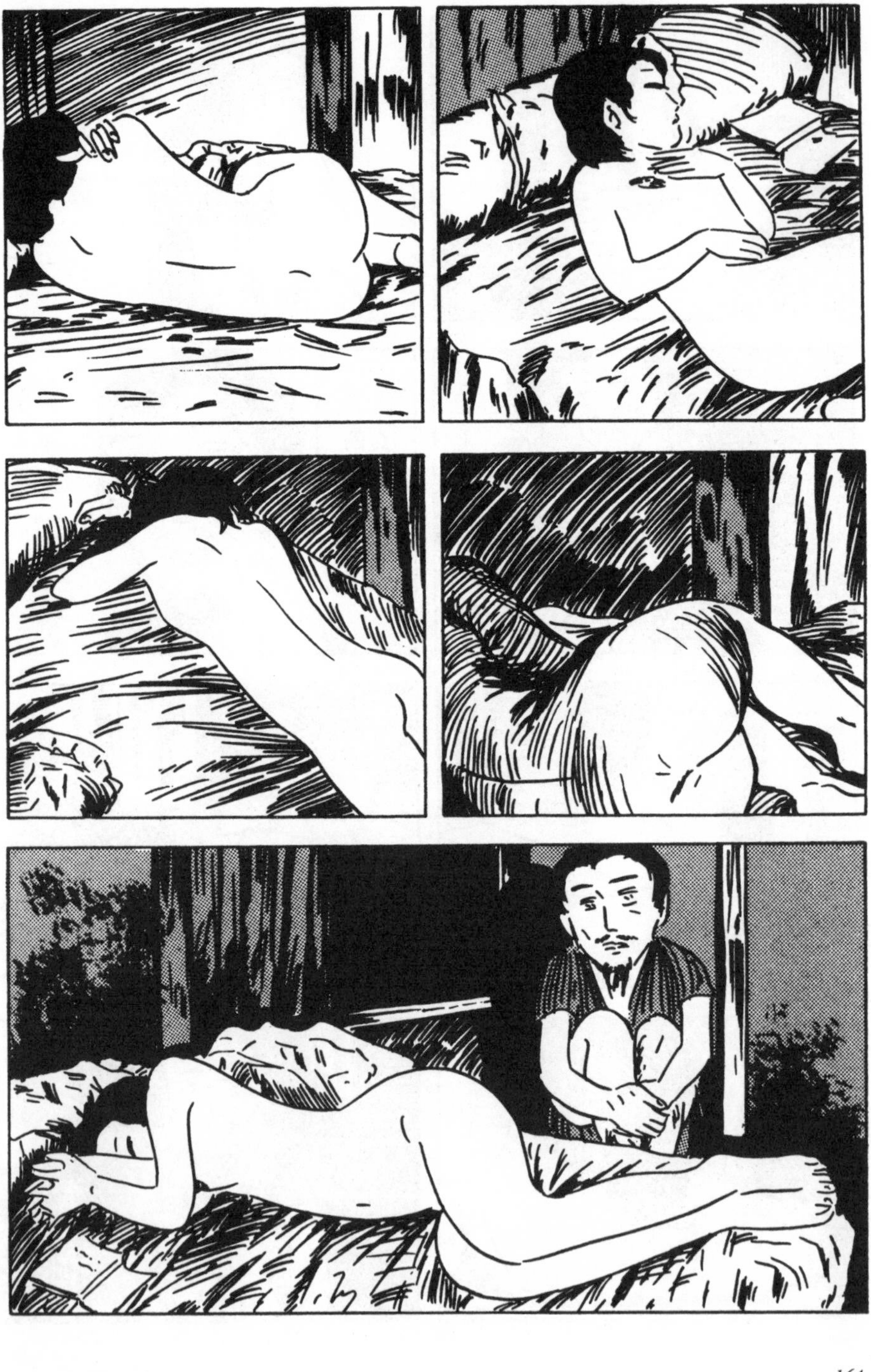

剛剛在工作嗎？
沒有……
真好喝。
睽違一個月左右呢。
這期間有沒有和松岡喝啊你？
那傢伙搬離阿佐谷了啊。
真的嗎？
兩個禮拜前搬的呀。
我不知道耶！真的啊！
搬去哪？
不知道。
這下阿佐谷的光明也成了風中殘燭呢。

唔——這樣啊。
不知他有什麼打算。
老是嚷嚷說要正式進入特種行業啦，
不知他到底想怎樣。
會不會又跑回來呀。
搞不好會呢。
請問……
能不能讓我為你倒杯酒呢？
對不起，我不是很能喝。
走吧。
嗯？那就走吧。
……
美代子今晚在做什麼呢？

我出門的時候
她在睡覺啦。
門有沒有鎖
好啊？
為何要鎖啊？
皐月
さつき
歡迎光臨！

你是不是有點累啊。
老闆，我要涼飲。
我偶爾才來阿佐谷，說那種話對你很不好意思呢。
不會呀……
我想設法熬過這個夏天，
別再喝到爛醉了。
這樣啊……
不要緊的！
我總是對你懷著歉意呢。
……我，
也要加把勁了！
呼——
要不要吃蛤蜊？
吃。

我們後天就要比劍道了，現在就七上八下的。
……你體育課選劍道是吧。
而且跟那個S上同一堂，得露一手給他瞧瞧才行吧。
辛苦你啦。
兩年沒見了呢，
我的肚子也跑出來了……
我跟你提過了嗎？我家老媽子似乎要搬離田川了。
我要失去故鄉了。
好像是要搬到大分，說還要再工作個十年。
今年夏天，你會回去嗎？
還拿不定主意。
我也回不去呢。

ドタッ
砰
臉盆。
啊……啊……
你在搞啥啊。
……
……

我不是叫妳脫衣服睡嗎！
……
髒死了。
脫掉！
你還真是活蹦亂跳呢！
背對我。
你不是說喝醉的時候什麼都不做嗎！

快一點！
你很囉唆耶！
快！
啊！
哎唷～～～
快！
放手！放手！
快！
啊唔！
好痛！
不是那裡呀！

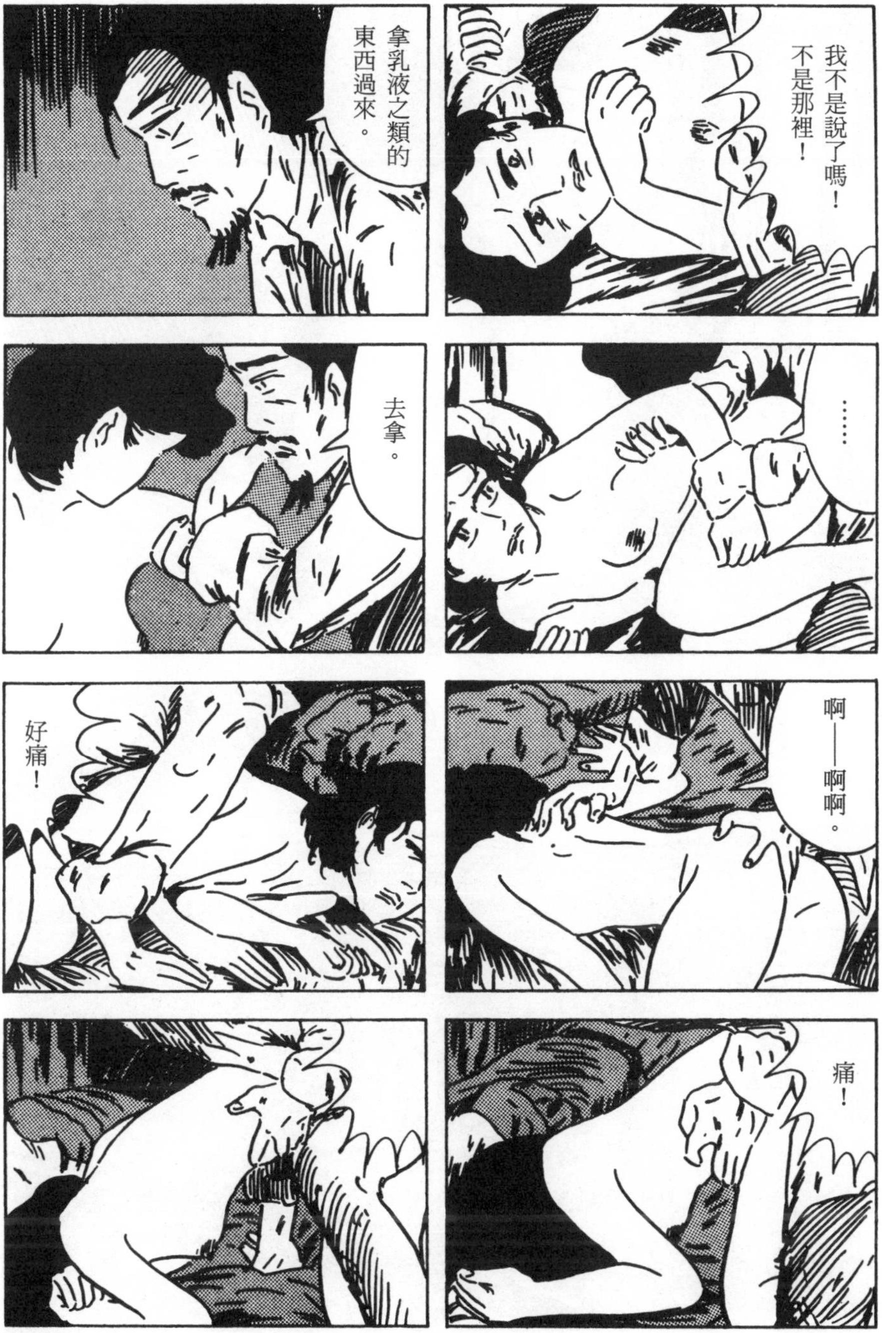
我不是說了嗎！不是那裡！
拿乳液之類的東西過來。
……
去拿。
啊——啊啊。
好痛！
痛！

去找男人搞不
就好了！

喂——

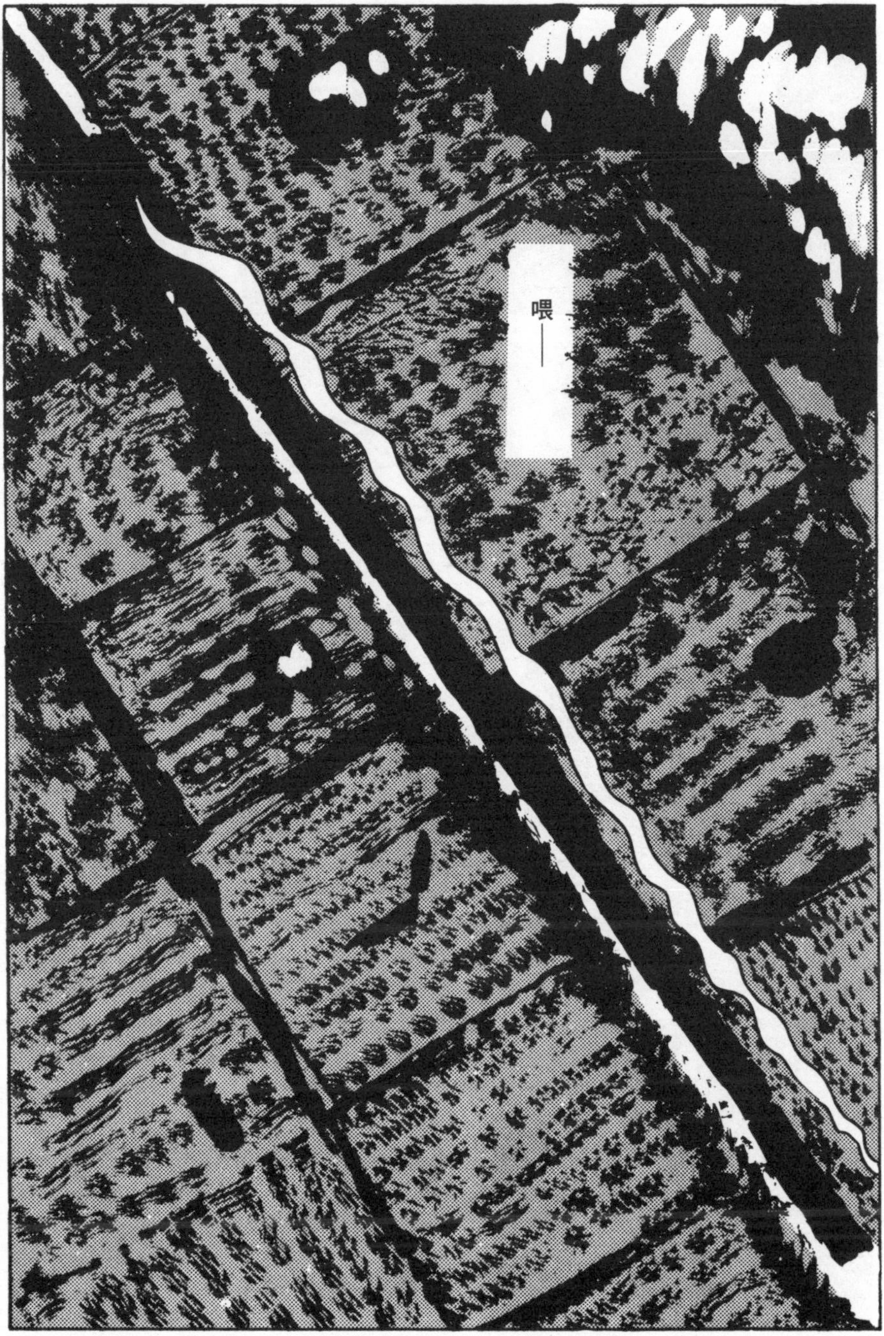
喂——

你是○×吧？
……

放暑假嗎？啥時回來的？
是啊……
在東京有沒有見到高橋？
高橋？
以前四班的啊，在東京找到工作了。
啊……國中時代那個。
你是不是在那邊搞學運啊？髮型真驚人耶。
本來還以為你是女的，完全沒認出來。
劍道還有沒有在練？
沒了……
想要久違地下場看看呢。
吉永老師，請多指教。
喔，等一下喔。
唧——

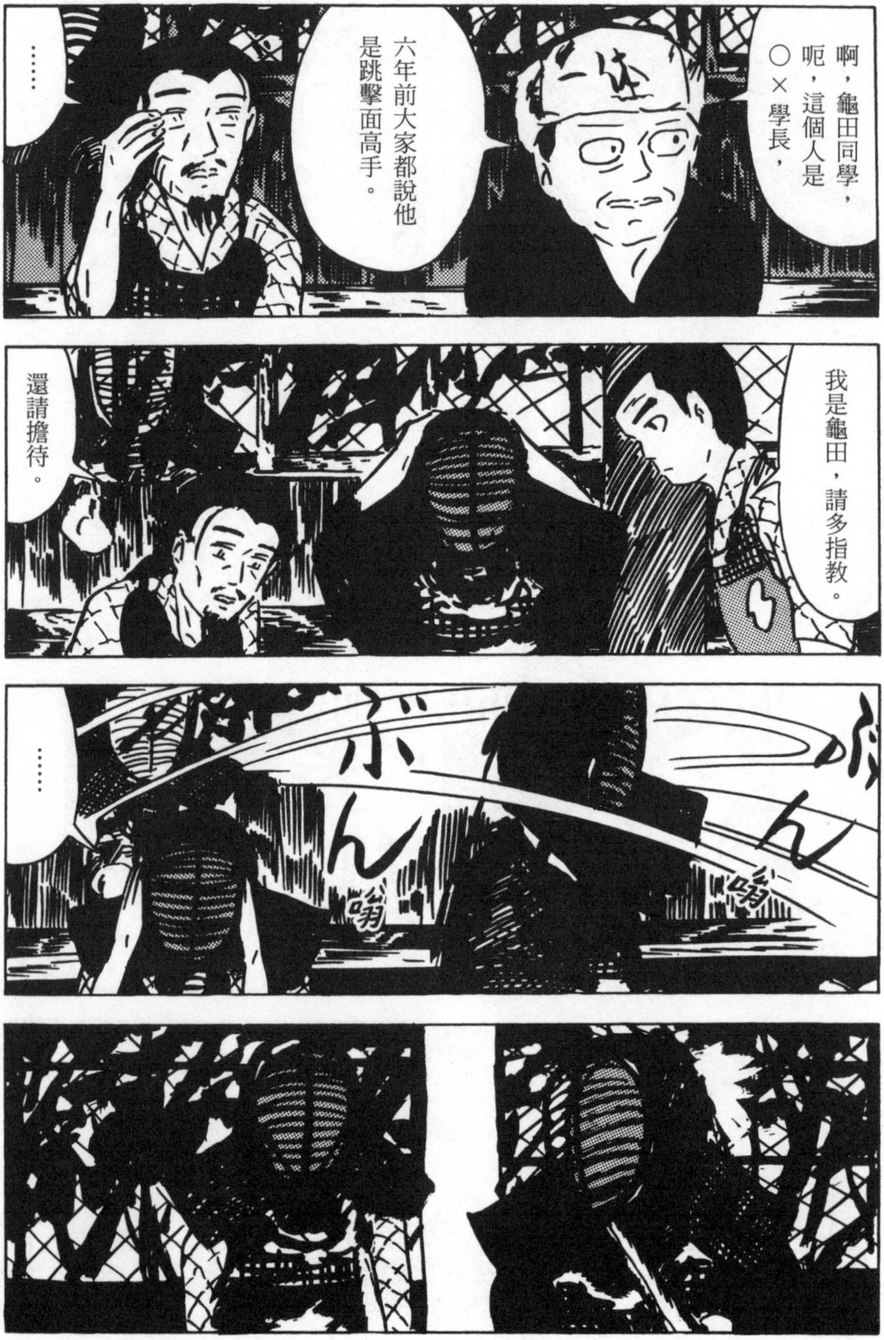

啊，龜田同學，呃，這個人是○×學長，
六年前大家都說他是跳擊面高手。
……
我是龜田，請多指教。
還請擔待。
ぶん
嗡
ぶん
嗡
……

三次勝負。
呀啊啊啊啊
いやああ
啊啊
ああお
嘿！
！

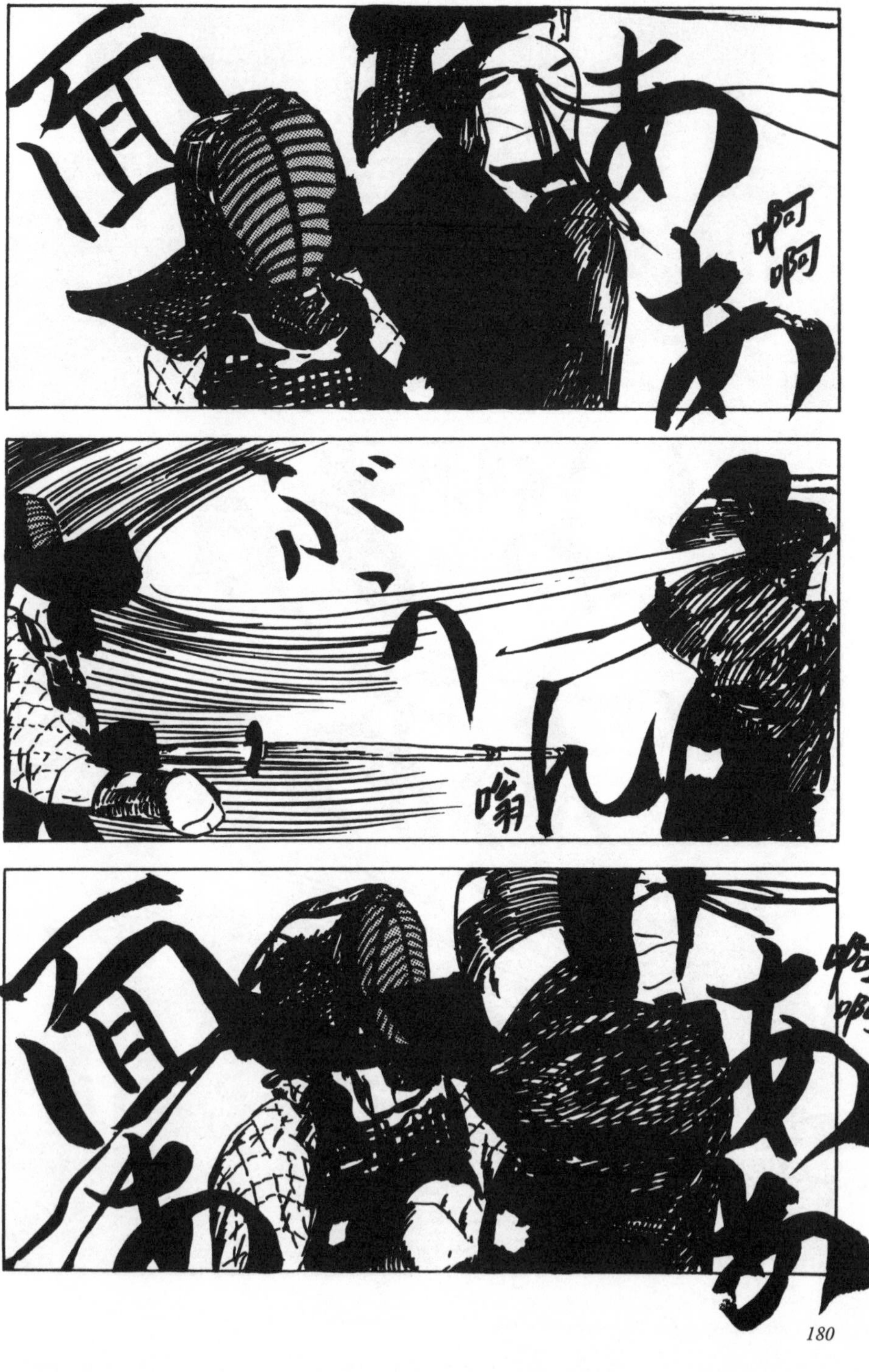
面
あああ
啊啊
ぶっ～ん
嗡
面あ
あああ
啊啊

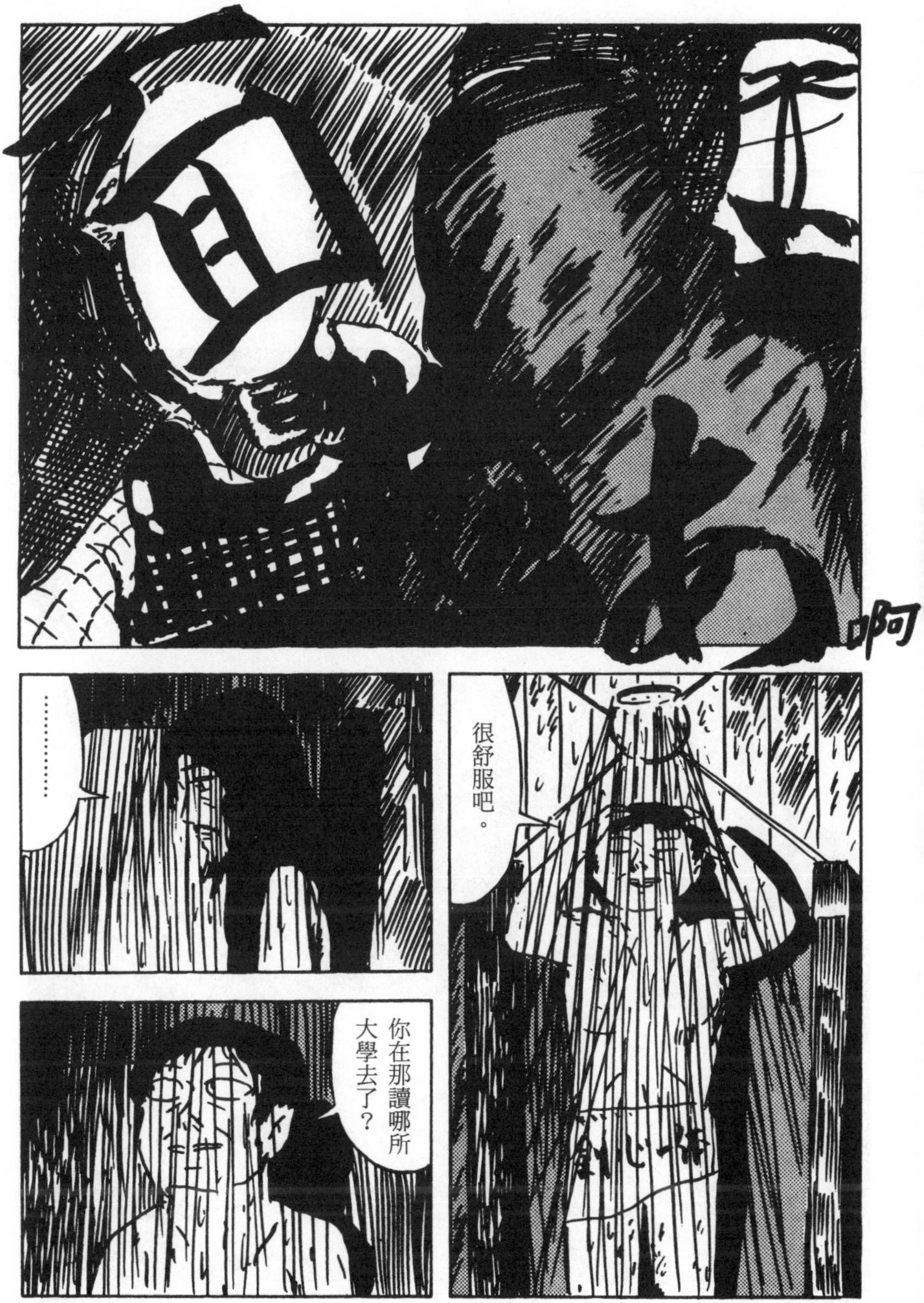
啊
很舒服吧。
……
你在那讀哪所大學去了？

沒上大學啊。
反正大學一點也不有趣，
要增長知識多的是辦法。
你有沒有一百元？去吃個冰吧。
喝酒比較好。
別～～～

別～～～
拜託你，
拜託你啊……
啊、啊、啊……
啊…
饒了我。

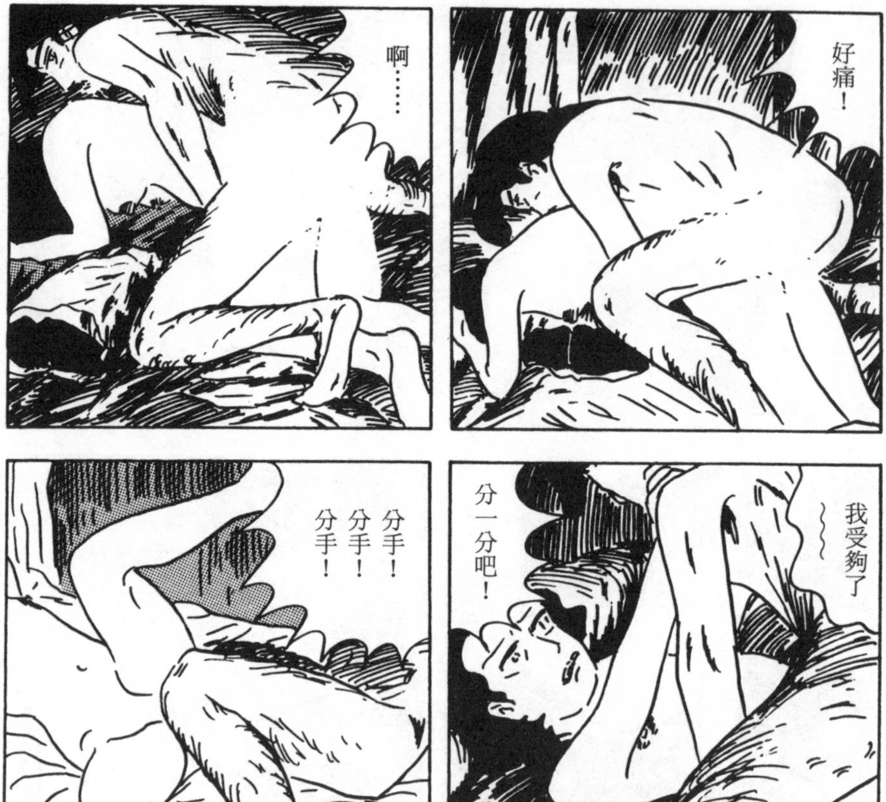
好痛！
啊……
我受夠了～～
分一分吧！
分手！分手！分手！
我要分手！我受不了了！

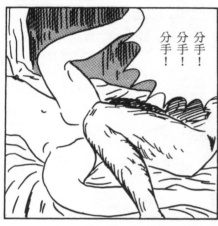

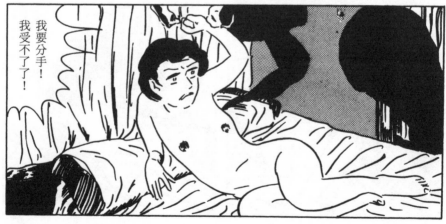

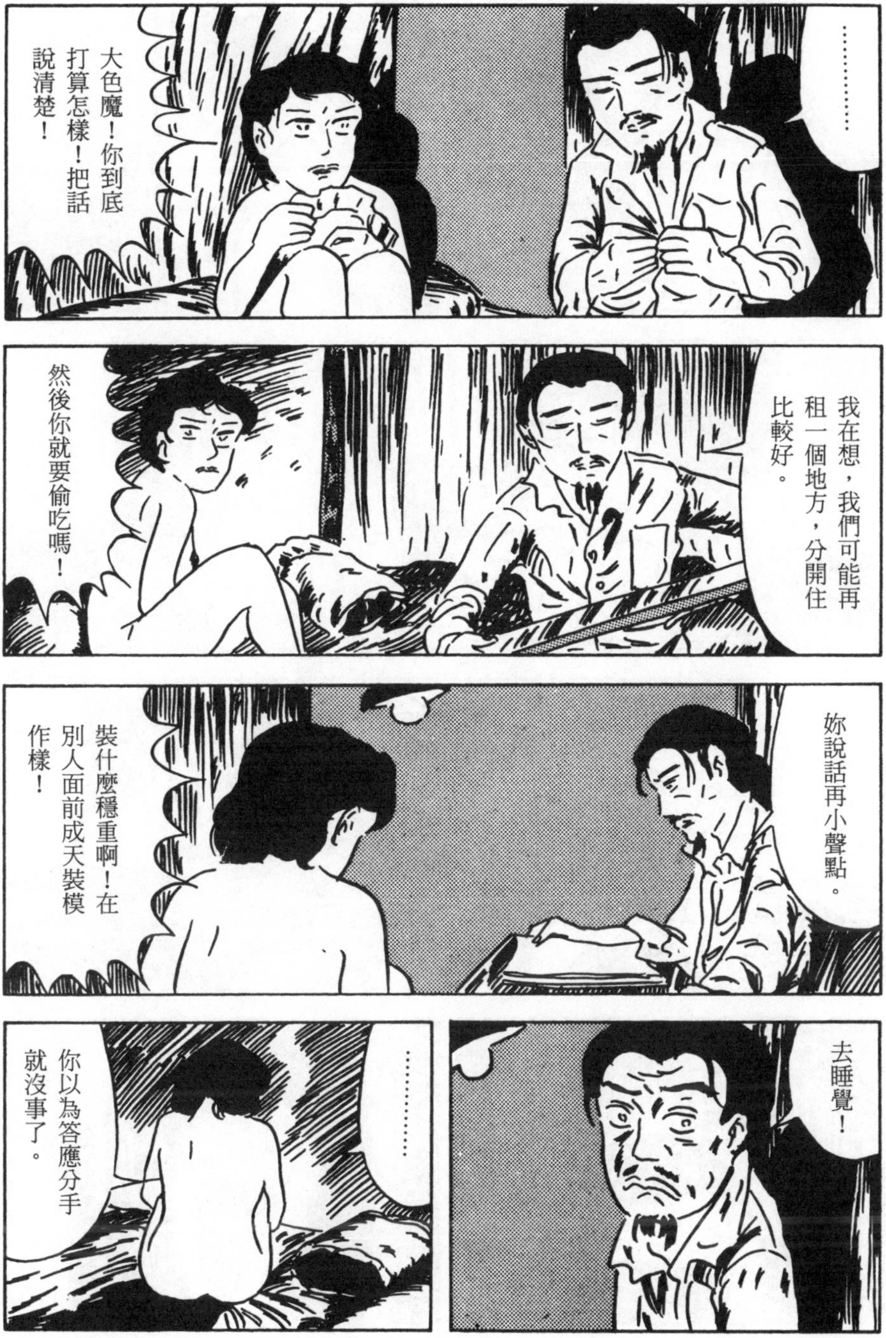
……
大色魔！你到底打算怎樣！把話說清楚！
我在想，我們可能再租一個地方，分開住比較好。
然後你就要偷吃嗎！
妳說話再小聲點。
裝什麼穩重啊！在別人面前成天裝模作樣！
去睡覺！
……
你以為答應分手就沒事了。

想分手的話，
拿十萬出來！
分手、分手說個沒完，但也不是這樣就分得了吧。
所以呀，
我才把妳包養在這，像個情夫似的。
你要養我嗎？
吵死了。
哎，你慢慢考慮吧，小美代要去廁所。
痛痛痛。

東京有趣嗎？
呃……
東玩西玩是吧？
沒什麼在玩啊。
真愛說笑。
梶川老師今天不在道場呢。

啤酒
你不知道嗎？他去年冬天…
死了啊。
關東煮
……
不知道。
人死了就沒戲唱了呢。
啤酒
你是不是也很危險啊？
一副藝術家面相。
你來啦？
怎麼又來啊！
記得這個人嗎？
沒印象。
學生會長大人呀，國中時代的。
阿姨，啤酒。

還以為他是女的。
今晚不工作？
宿醉第三天，所以請假啦。
剛剛看完亞蘭・德倫的電影才來的。
偶爾休息一下比較好啦。
孩子的爸賭競輪有沒有贏錢？
沒賺半毛。
真傷腦筋呢，雖然是喜歡他才和他這樣糾纏，
不過總有一天會忍不住宰掉他的。
殺他是沒差，可別被殺囉。
要殺誰啊？
咿～～～

就說很熱嘛！
喔，你是怎樣，
帶朋友來？
你不記得啦？是○×啊。
真的是○×啊！
唷～～～老真多啊！
真的是你啊！
你不記得我了吧？
去麻理旁邊吧。
那你現在在幹啥呀？
還沒畢業吧？
在畫漫畫。

漫畫？
用畫的那種漫畫？
有沒有出書啊？
有，雖然賣得不怎樣。
我想也是啦，大賣之前得過苦日子吧。
失陪一下……
要去吐啊？
不是……
還好嗎？你在勉強自己吧？
加油啊，小山。

喂！等一下。
喂什麼喂啊！
小心我揍死你喔！
唔！
唔！

呃！
党
党

阿佐谷的氣氛嗎……
……
丸屋
當
我也搬到阿佐谷好了。
我被住處的房東趕走，
還在想如何是好呢。

阿佐谷是個好地方喔。
嗯？
就是那個，那就是阿佐谷的光明啊。
這樣啊……
我們去吧！
好！
轟隆隆地飛在空中，這標題如何啊？
哈哈哈。

恋愛
2
あ部慎一

呼……
……
唷，

……牽牛花呀。
晚安。
真了不起呀你……
了不起呢。

國際

就只能畫下去了，
沒別的辦法。

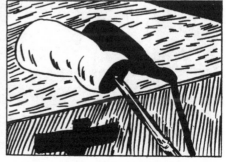

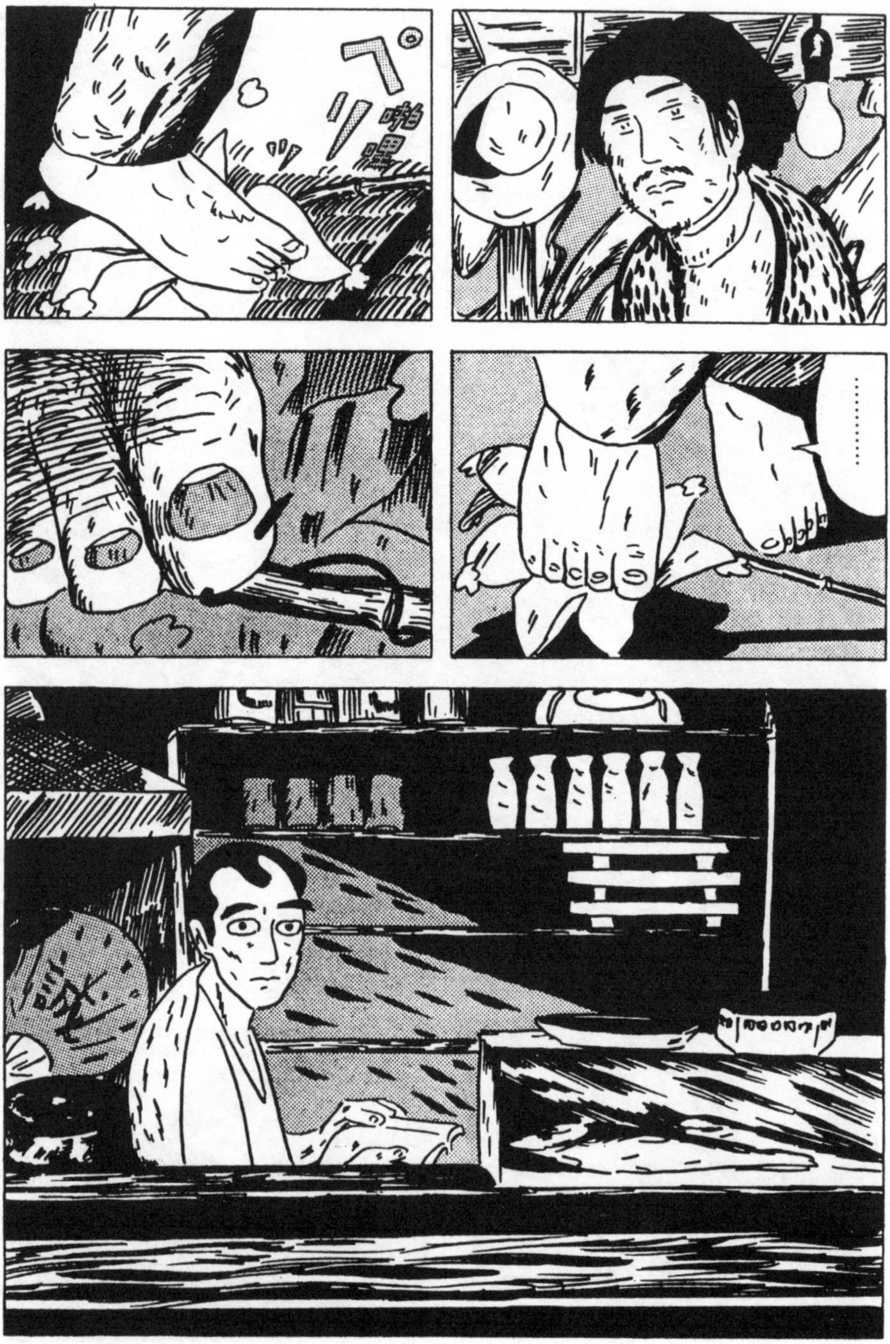
ペリ
啪哩
……

歡迎光臨！
真安靜呢。
因為颱風啊。
做不了生意。
我們自己喝吧！
真大瓶呢。
喝吧喝吧！
謝謝……
咕嚕
咕嚕

呼，唔。
啊……
老闆，你昨晚沒睡吧。
看起來很累的樣子。
睡了兩個小時吧。
嗯。
很難受吧。
不，是麻將啦，麻將。
我來切個鮪魚肚吧，進了好貨喔。
…………

而且又便宜。吃吃看吧。
這個呀……稍微這樣……
來，請吃吃看。
嗯——
好吃！
這最棒了。
酒儘管喝吧，我招待。
謝謝……
總覺得……
很不得了呢……

好久沒有清醒時和妳說話了呢。
……
你和誰來過這家店？
……
算了，事到如今。
妳今天很漂亮。
謝謝你。

欸，要不要一起搭小船啊。
……好啊。
喝呀
抱歉。

沒事……
……
真捨不得呢。

欸……
火！
……

好像在談
戀愛。
想不想吃關東煮？
想吃。
這裡嗎？漫畫畫
到的地方？
嗯。
關東煮
欸，
關

你會和其他女人上床嗎？
關東煮
如果我哪天又想跟誰一起生活，我想我會選妳…………
畢竟我愛妳呀。
真像電影呢。
沒辦法啊。
你會來接我嗎？
…………

到時候我也許已經回到九州了。
我要畫漫畫喔。
漫畫嗎……
……
再見了。

時鐘

我回來了。

……
這房子真誇張呢。
……
小美！妳怎麼跑回來？

不知怎麼地，就是想回來看看……
……
很氣派的房子吧？妳爸媽知會爺爺奶奶後，就去借錢蓋出來了。
我還以為是旅館哩。
爺爺沒什麼精神呢。
嚇了一跳吧，因為妳突然跑回來呀。
很累吧？要不要泡澡？
嗯。

這浴缸是燒瓦斯的，
這裡點火，這樣子就會熄火。
起初很不自在呢，
還以為到了外國呀。
…………
妳可以睡爸爸媽媽的臥房。
啊，真漂亮…
哎！房子蓋好以來，一次都沒住過，真浪費呀！
…………

唔，好冷。
好燙！
還好嗎？知道要怎麼用嗎？
那個栓往這個方向轉就會變熱了。
沒問題的！

這樣啊……
啊……好好暖暖身子吧。
………
謝謝。
睡衣幫妳放那喔。
浴室如果變得霧濛濛的，開窗戶無妨。
OK。
晚飯我正在煮了……
謝謝妳。
………
ド
嘩啦
ド
ド
嘩啦

唔，好冷，唔，好冷。
呼——

肚子餓了吧？再等我一下啊。
看一下彩色電視吧。
這花是哪來的？
妳爺爺摘的吧。
他剛剛似乎一個人散步去了。

妳爸妳媽都很少來，他很寂寞吧。
整天都在拔院子裡的草。
爺爺，吃飯囉！
我去叫他。
薊花是在哪摘的啊？
欸。

颱風要來囉。
想說你突然開口要說啥，
結果說那啥鬼話啊。
天氣預報說的呀。
你這個人果然有某根筋不對呀。

那我先睡了……
晚安。
欸，老闆，
這很奇怪不是嗎？
啥？
完——全沒人來。
〇〇、××都沒來，根——本沒人來不是嗎？
人在颱風夜都不喝酒，你信嗎？老闆。
真沒意思呀。
海瓜子
鮪魚肚
有什麼關係啊，各有各的原因啦。
也不會特別無趣就是了。
這你讀了嗎？

……
我剛剛就開始讀了。
都是一樣的呢，人都一樣。
你太太今晚去哪了？睡了嗎？
不……
她甩掉我了。
……
你們在一起多久啊？
……五年。
那個人，人很好喔。
……
謝謝你這麼說。
好啦，今晚喝下去囉。

雙人床嗎。
晚安。
咿～～～

風變大了呢……
……
你要去哪？
口渴了。
コツ
叩叩
カチ喀哩

トロッ
咕嚕

啪沙
バサ
バサ
バサ
啪沙
呀啊~~~

完

親吻
石部慎一
嬰兒自窗外窺視

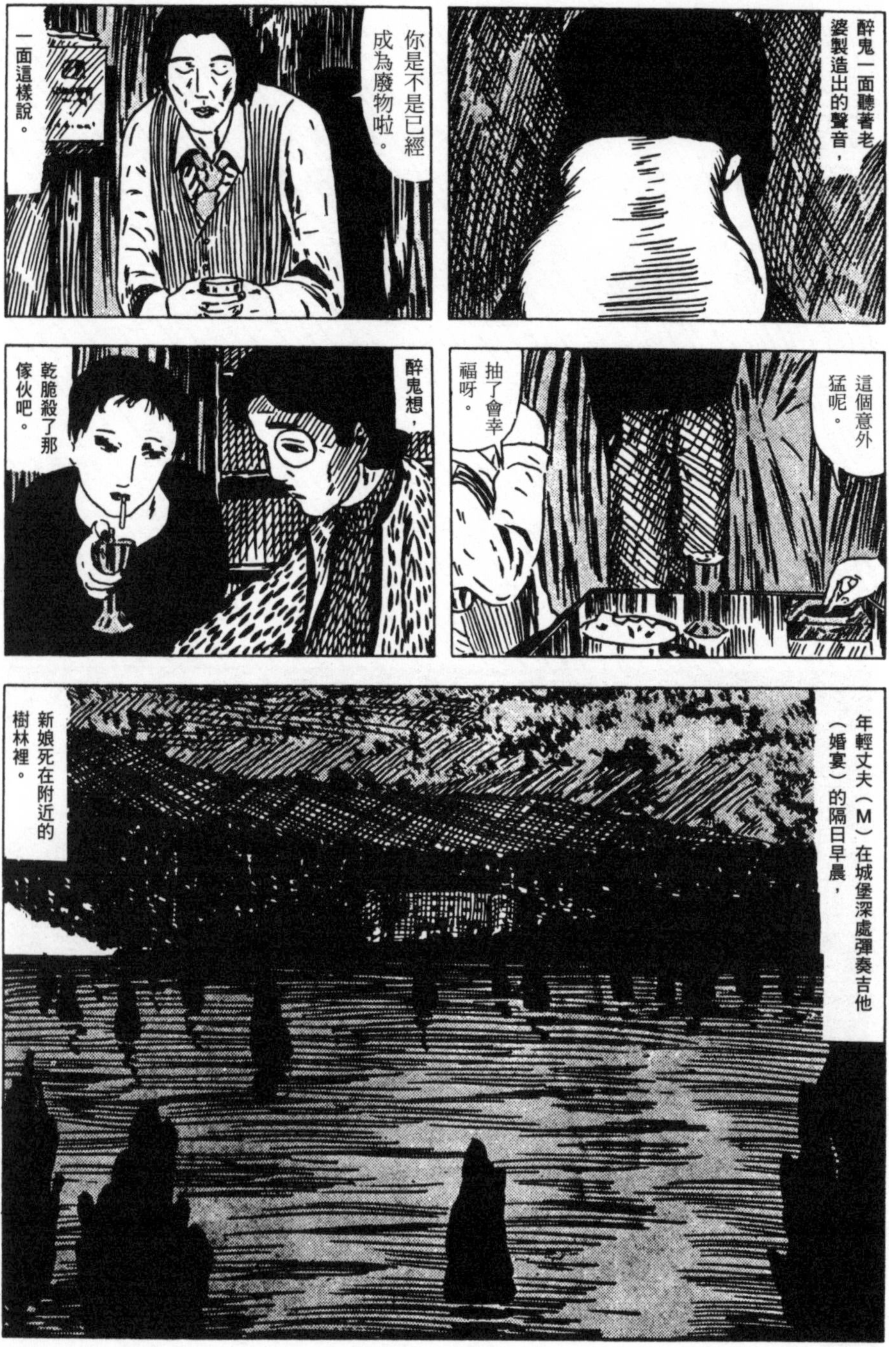
醉鬼一面聽著老婆製造出的聲音，
你是不是已經成為廢物啦。
一面這樣說。
這個意外猛呢。
抽了會幸福呀。
醉鬼想，
乾脆殺了那傢伙吧。
年輕丈夫（M）在城堡深處彈奏吉他（婚宴）的隔日早晨，
新娘死在附近的樹林裡。

還真是名符其實的「才過短短一天」呢，Mr. M。
有沒有解宿醉的藥？
你昨天喝威士忌吧？
啤酒。
那麼，
新娘就是在你啤酒喝到醉醺醺的期間變成了屍體呢。
刑警先生，我只喝威士忌，
不過呢，我和新娘跳慢舞的時候想若無其事地親她嘴唇一下，
但她撇開頭閃掉了。
男人和女人，有時就是會共度這種彼此都難忘的夜晚啊。
原來如此，這案件真有意思。
話說回來，我的工作是揪出兇手給大家看。
各位也是這麼想的吧。
哥吉拉在鎮上吼叫的夜晚，鬍男向M搭話。
請我喝杯伏特加如何呀？
鬍子真讚耶。
那已經是五年前的事了。兩人還是貧窮的年輕小夥子，但血氣方剛。

我唱首藍調歌曲回禮吧。
太棒了。
在天快亮的時候，鬍男親了M。
迅速將舌頭伸進對方口中，發出惱人的咂嘴聲「嘖」。
去死吧！
你也去死。
受害者是被鐵絲勒死的，尚未發現凶器。
接下來的事實對新郎來說也許很殘酷。
受害者體內只驗出一種體液。
那不就沒問題嗎？
血型和新郎M相同呀。
你在說啥啊？
也就是說，新娘是在宴會客人酒酣耳熱之際外出到了樹林裡，
在某事發生後，或進行中遭人勒死吧。
話說各位當中，有幾個人的血型和M一樣是B型呢？
M，是你偷偷搞了她對吧？

新婚初夜跑進樹林裡做嗎？
應該是想追求刺激之類的吧？
我可是在趕截稿啊，截稿。我跟你這種遊手好閒的人不一樣，生活對我來說就是一切。
你這地痞。
別在刑警面前吵架啦。
我安心了。你意外有活力。
呆瓜。
沒救啦。
唷，你怎麼啦藝術家。
原本下落不明的鬍男來了，令人驚訝。
我才要問咧！你這一年跑哪去了？
真可憐。
你好，我是刑警聶聶。
晚安，我是萊斯，案子不怎麼多的偵探。
萊斯先生。簡直像在拍日本電影呢，捧著吉他登場。
你突然變成偵探啦。
兩個小時前讀到了這起案件。
我有個同伴是將棋很蹩腳的偵探。
唱首藍調歌曲吧。
真是把好吉他呢。
我如果說那段日子真棒，你會害臊嗎？
快唱啦！

那段日子的鬍男是法律系學生，身上總是沒錢。
是說，M呀，你有沒有帶錢來呀？
你那件綠色大衣簡直有病咧。
不適合我穿嗎？
太適合了。
我老爸可能會想要那件褐色的。
放心，那種衣服誰會買啊。
喂，藝術家。
我要告訴你一個，只有我知道的小秘密。
你是天才呢。
你醉了吧。
我呀，我咧，
下輩子投胎想變成飛鼠。
哇！
什麼呀，感覺很歡樂呢。
然後我會攀在你肩膀上。
像這樣。
接著，鬍男哭了，不過M一點也不感到敗興。
豈止不敗興，他像個溫和的藝術家似地感到十分滿足。

喝吧，我有錢，我的城堡裡有的是錢。
救了我呢，M。打起精神喝吧。
你很冷嗎？
打擾了，Mr.偵探，我有兩、三個問題想問這位M。
請，我也想聽你問。
謝謝你。
首先，我想確認這起案件的幾個異常之處。
愛倫坡嗎？
哎，他的小說我也會讀呀。
第一，
根據證詞，沒有任何人發現新郎不在宴會場內。
第二，受害者並沒有留下抵抗的跡象。
基於此，警方目前認為這是和新娘有面識的人單獨犯下的案件。
也就是說，犯人在所有宴會賓客都喝醉的時刻，
單獨離開宴客廳，

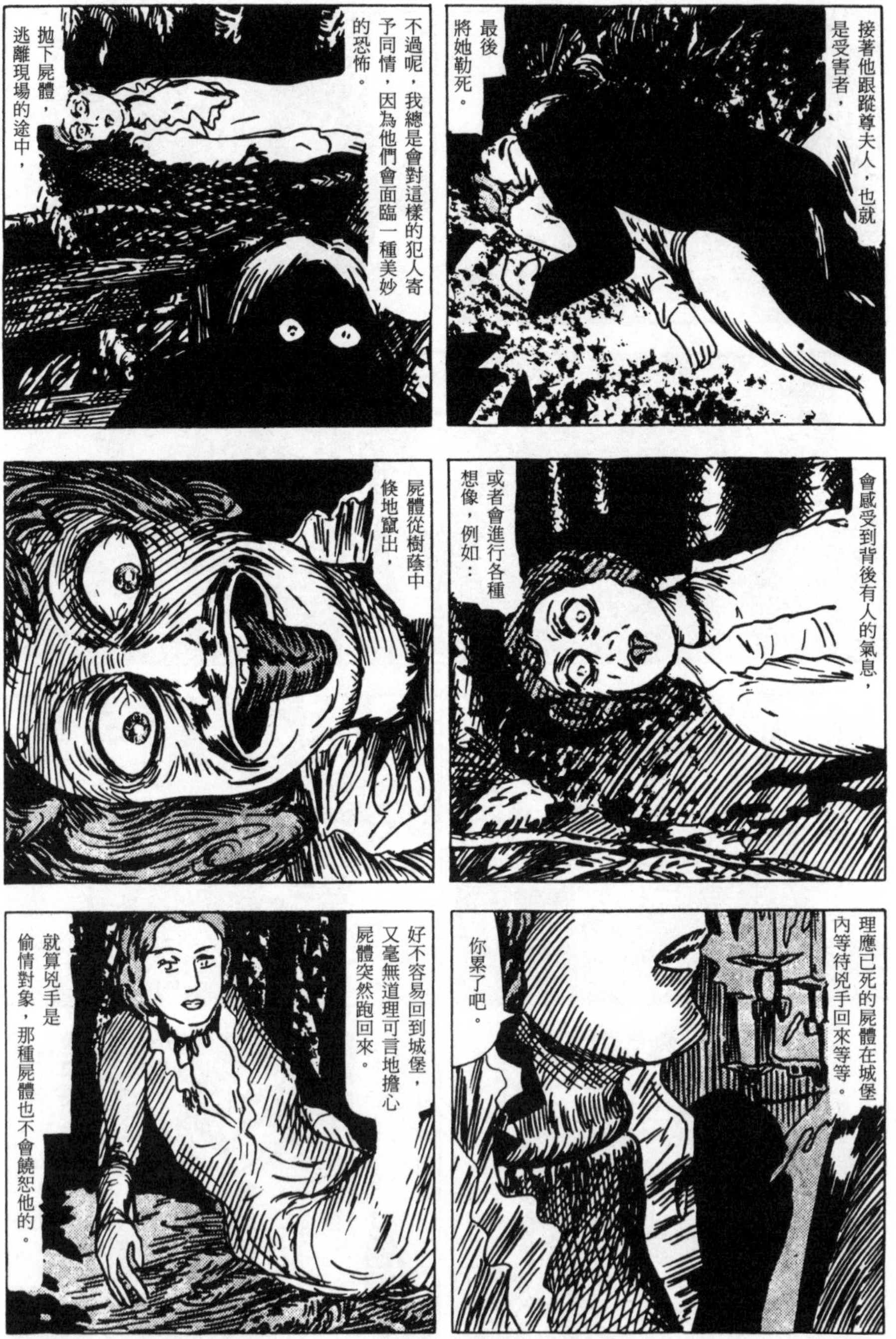
接著他跟蹤尊夫人，也就是受害者，
最後將她勒死。
不過呢，我總是會對這樣的犯人寄予同情，因為他們會面臨一種美妙的恐怖。
拋下屍體，逃離現場的途中，
會感受到背後有人的氣息，
或者會進行各種想像，例如：
屍體從樹蔭中倏地竄出，
理應已死的屍體在城堡內等待兇手回來等等。
你累了吧。
好不容易回到城堡，又毫無道理可言地擔心屍體突然跑回來。
就算兇手是偷情對象，那種屍體也不會饒恕他的。

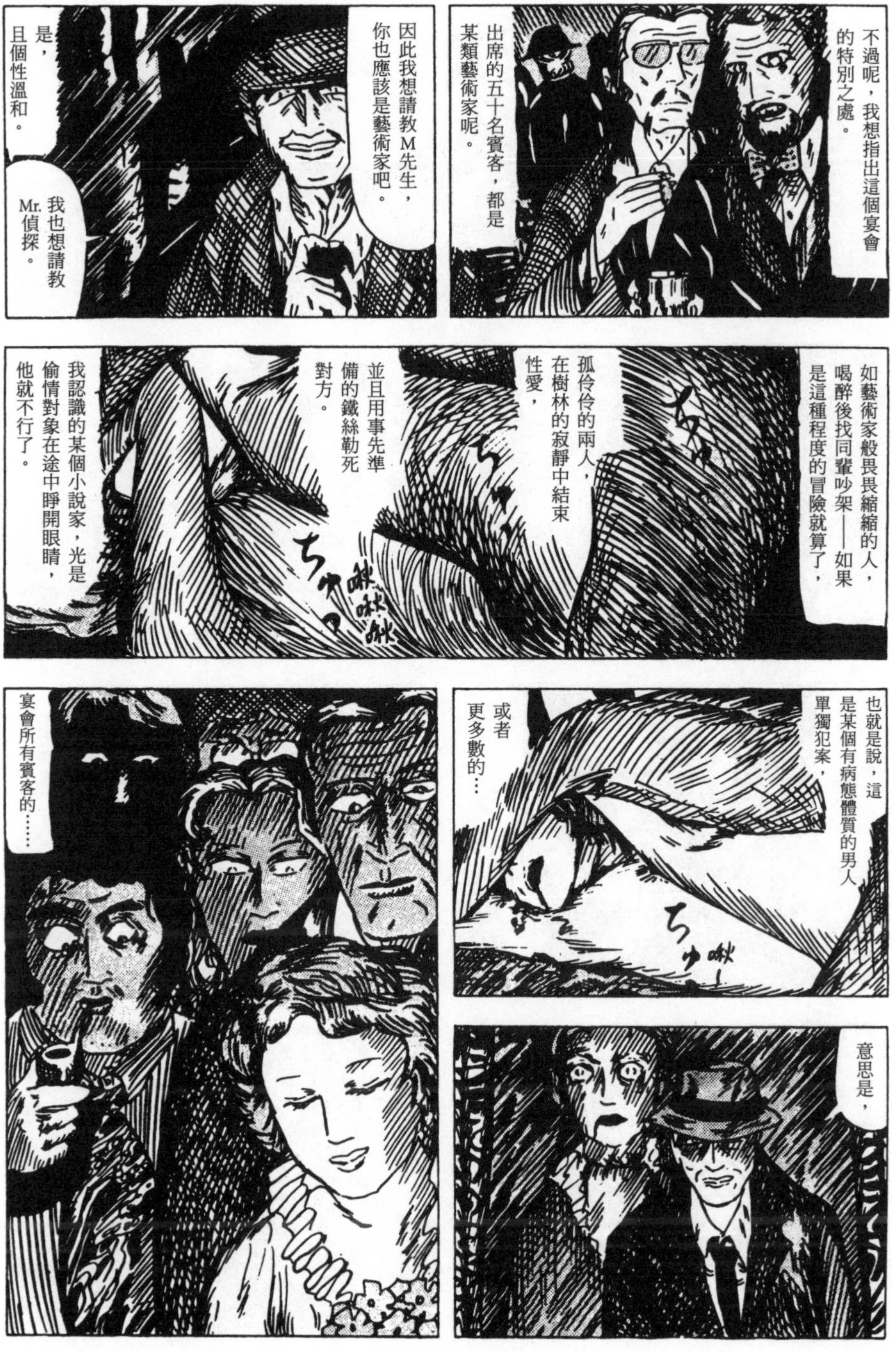
不過呢，我想指出這個宴會的特別之處。
出席的五十名賓客，都是某類藝術家呢。
因此我想請教M先生，你也應該是藝術家吧。
是，且個性溫和。
我也想請教Mr.偵探。
如藝術家般畏畏縮縮的人，喝醉後找同輩吵架——如果是這種程度的冒險就算了，
孤伶伶的兩人，在樹林的寂靜中結束性愛，
並且用事先準備的鐵絲勒死對方。
我認識的某個小說家，光是偷情對象在途中睜開眼睛，他就不行了。
啾啾啾
也就是說，這是某個有病態體質的男人單獨犯案，
或者更多數的……
啾
意思是，
宴會所有賓客的……

共謀。會不會是這樣呢？
宴會氣氛正熱烈時，他們因故殺死新娘，
之後搬到樹林裡。
或者打一開始，
這宴會搞不好……
就是為了殺害她才籌畫的。
Mr. M，能不能請你慢慢談一談你和那婦人真正的關係？
不久前才把她介紹給你呢。
生前是位聰慧的女性吧。
說得沒錯，我徹底迷上了她。喂，鬍男，你應該覺得我很愛冒險吧？
對啊，你總是活蹦亂跳的。
玄到不行呢。你猜我和她是在哪認識的？
美術學校嗎？

是圖書館呀。我也帶你去過那一次不是嗎？就在那條充滿朝氣（意思是還算整齊）的拉斯街。
抱歉。
這是日本趣味[1]嗎？
以你程度而言算是。
有人說印象派那票人都很好色，妳怎麼看？
會用色的人確實信不得呢。
你覺得我對她產生興趣很怪嗎？似乎不是出自色心，到底是為什麼呢？真不得了，感覺比色心更曖昧。
昨天真是失禮了。真令人吃驚呢，妳每天都來圖書館？
你這條領帶比昨天的好看呢。
對了，你剛剛好像提到聰慧吧？她給我的印象正符合俗稱的聰慧女子（人妖）。
像妳這樣的人出現在圖書館很怪吧。
果然，她聽了這番話似乎很愉快。
妳的手上確實很適合拿畫集，就像天主教的畫家那樣。
我認為圖書館其實是屬於（帶小狗的）紳士的領域呢。

1 梵谷的措詞，指日本畫對歐洲繪畫的影響。

你可別笑啊，實際上我覺得自己似乎產生了友情趣味（同性戀）呢。
令人懷念的M呀，那大概很古怪吧。
真是難解的一段故事呀，只講述事實才重要不是嗎？那麼，你和婦人交往了多久？
事實指的是體力嗎？如果是，我幾乎沒用上體力喔。
真傷腦筋啊。
我想要你更加愛我。你到底幹出了什麼！只有醜聞可以說服刑警呀。
這麼說來，這六個月內我們親吻過幾次呢。
什麼樣的吻呢？
一般的吻。
這麼說的瞬間，M腦海中的遠處「嘩」地亮起預感之燈。
那燈代表什麼呢？恐怖之手輕輕按上他的肩頭。
你現在露出了我至今所見最溫和的表情喔，
令人懷念的M。
那小小的黑暗到底是？水泥……是電影院。
牙齒……
那時似乎也不太對勁。和她首次接吻後的……

感覺很怪。我像這樣引誘她。
接著是乏味也沒意義的吻，彷彿宣告「這樣啊，走到這一步啦」的吻。
之後她好像……
說了些什麼，好像看著銀幕說了什麼感覺很可怕的話。
嘖。
去死吧。
嘖，去死吧。

故事在此結束。
很有趣喔。
太太，請給我冰塊。
要去外頭喝嗎？
不，再喝杯摻水的，我就要告辭了。
我就覺得應該是那樣。能讓髫男成為犯人的凶器就是這個吧。
實際上殺得了人呢。
我認為沒什麼問題喔。
來試試吧。
原來如此，感覺任何吉他都殺過一、兩個人吧。
你原本瞧不起作者吧。

是說，後來那兩個人怎麼了？我是說M和鬍男。
十年後會在喫茶店一邊啜飲咖啡一邊聊天吧，聊他們都嘗過的那具女性身體。
這樣說可能很不知足啦，但我會想要那名女性也加入他們的聊天。
真浪漫。
夫人，請保重！
我期待見到精神煥發的您。
再見了。
再見。
再見。

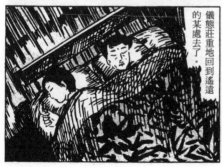

喂~我剛剛把一隻貓踢下去了咧~~~
你想去哪啊？
半夜泡的茶，映出墜子的倒影。
墜子裡有老人的照片。
我沒親眼看到，但我知道。
小不點。
醉漢在外頭，跳過一座又一座屋頂。
燕子啊 燕子⋯
儀態莊重地回到遙遠的某處去了。

# 失去了愛——代後記

出版社說，要把我年輕時畫的漫畫出成書。著實令人感激。我的思覺失調症在三十二歲左右發病，之後的十七年，我很難正經地進行思考。本次收錄作品是失調症發病前的作品，但病症之芽已可見。我現在四十九歲，至今已六度進入精神病院，總共待了一年又十五天。迷上宗教，然後發病。停筆的這十七年，對我來說是煎熬的連續。妻子美代子和三個孩子竟能包容這樣的我。

最近，高野慎三先生在《幻燈》2上刊登了我的八頁作品〈車〉。看完它，我感覺自己失去了愛。我和美代子在高中時代相遇，如今我患病的時間已經長過患病前的時間了。但我們還是在一起，並未分手。我認為美代子擁有的愛無比深邃。

高中在學期間，我面臨了抉擇：要走漫畫之路，還是要走寫作之路？最後我離家出走去了永島慎二老師家，三天後就回來了，不過我在那時選擇了漫畫之路。然而，我堪稱漫畫的作品寥寥無幾，因為畫技實在太差了。於是我決定拍照，然後照著畫。作畫方面，我受到林靜一老師和柘植義春老師的影響。原本想在四十歲後開始寫小說。不知道自己何時會死，不過漫畫、小說、油畫的創作，我大概都會持續到死為止吧。我現在在美代子經營的縫紉工廠上班。勞動很難受。不過既然沒收入，也就沒別的辦法了。員工有七個左右，因此虧損時問題很大。經濟方面的事都是美代子在管。

美代子現在四十八歲，職場上極為活躍。我們之間已沒有SEX。三個孩子健健康康地長大著。凡事依賴別人的我，已經失去了愛。

二〇〇〇年三月　安部慎一

## 因為太過年輕——代再版後記

如今，世間正熱心又親暱地推動著《美代子阿佐谷心情》的電影化。我在《GARO》以〈溫和的人〉出道，一年後畫出〈美代子阿佐谷心情〉，此作成了我的出世之作，獲得許多讀者讚賞。不只男性喜歡，也有女性讀者寫信給我，說「想見美代子」。〈軍刀〉也得到年長男性的支持。本作品集收錄的漫畫，都是我的青春殘酷故事。〈無賴的身影〉以鈴木翁二、古川益三為原型。原則上，我的創作聚焦於實際發生過的事，因此我只能自己傷害自己，別無他法。〈阿佐谷殉情〉和〈手槍〉也是基於類似體驗的作品。〈河〉走純文學風，加入了些許創作成份。〈安靜的粉紅〉指的是美代子私處的顏色。〈降落傘〉也以真實事件為基礎。〈親吻〉是心象式的創作，我讓它和高信太郎所主持的，我和美代子的婚宴產生呼應。

青春這個時期，總是殘酷的。它不把人當人看，會猛推人一把。十九歲時，我從故鄉筑豐田川市前往東京，開始和美代子同居。動身前已決定，我要住在永島慎二老師住的阿佐谷。《美代子阿佐谷心情》，這名字挺時髦的嘛。感謝各位的閱讀。

二〇〇八年一月　安部慎一

附錄

《美代子阿佐谷心情》繁體中文版後記／導讀

# 喝了酒，他們每一個看起來都像是好人——安部慎一與其私漫畫

此時此刻彷彿是我記憶中的戰時晚宴。很多酒，緊張情緒拋在一旁，還有一種某事就要發生但你我無能為力的感覺。喝了酒，厭惡之情退去，我開心起來。他們每一個看起來都像是好人。

——海明威《太陽依舊升起》（陳夏民譯）

## 私漫畫，但是沒有「我」的泣訴

談論安部慎一之前，先談論私漫畫。談論私漫畫前，又得先聲明：我看的書不多，成天窩在照不到自然光的地下室或白盒子空間內，視野狹隘。以下比較的，只不過是因緣際會出現在我面前的作品們的傾向，也許沒有充分反映現實。

在我看來，台灣另類漫畫圈漸漸成形的這幾年，內心告白式的作品成為不少人投入的一個子類型。也許是因為，如今日漸虛擬展演化的社交以呈現生命的豐饒、愉悅為首要之務，遭到驅逐的情感暗面便以創作為其中一個遁逃出口。迷惘、失措、絕望，透過直白的語言（不論是旁白或角色台詞）降臨到作品中。你不知道做這份爛工作削弱自己創作的時間和精力有何意義，你就畫一篇漫畫，讓一個角色吶喊：做這份爛工作削弱自己創作的時間和精力有什麼意義啊，哇啊啊啊啊！我如今相信這個策略選擇的普遍性源自於，創作者認為他在現實中這麼訴說是不太道德的，或無法自在的。對他而言，在創作中吶喊「我這裡不好那裡不對」已是逾越的行動。逾越已是一種前進。

不過，安部慎一的私漫畫可說是採取完全相反的創作策略。讀者如果認為讀私漫畫等於見證角色壓抑的情感鮮明地爆發出來，且渴望從中獲得共感，那麼，安部的漫畫必定會令他們失措。

## 岔入漫畫之路的礦城少年

一九五〇年，安部慎一生於福岡縣田川市，那是一個礦城。礦山不僅是他的心靈原鄉，也讓他們一家過著優渥的物質生活。十六歲那年，他先是開始寫小說，並以油印機印製小冊子獨立發行，接著朋友借他青年漫畫大師永島慎二的《青春裁判》，他讀畢後大受震撼，開始猶豫該走小說還是漫畫之路。高中畢業前，他一度「離家出走」到東京拜訪自己敬愛的大師，不過永島聽到這個小鬼是搭飛機來東京的，就把他攆出去了（這小故事也說明了安部老家的富裕程度）。不過在那短短三天，他決定要以成為漫畫家為目標。

安部先是嘗試投稿到手塚治虫創辦的《COM》和主流漫畫雜誌《Big Comic》，都未能獲得刊載；接著他受柘植義春〈海邊的敘景〉、林靜一等人影響，畫出〈溫和的人〉投稿《GARO》，漫畫家出道。安部於是決定從福岡搬到東京，而且帶著他十七歲開始交往的永恆繆斯畠中美代子一同離鄉，到阿佐谷同居。他幾乎每晚都流連於阿佐谷的酒吧，和漫畫家鈴木翁二、上村一夫等人廝混。這些日常、風景、酒精，匯聚成《美代子阿佐谷心情》收錄的短篇漫畫，它們發表於七一年到七三年，使他大受矚目。

無經濟後顧之憂，有愛人，有摯友，也真成為了漫畫家。根據這些條件，你可能會猜想他的青春漫畫充滿不過痛、不過癢的強說愁，但實際上他幾乎什麼也沒說。抒情的畫面搭配的是冰山式的語言。簡短的句子、輕盈的對話，像粉筆線圈出一個個車禍現場的人體輪廓，線內毫無形象細節。然而，這種輪廓線一旦被放置到夜晚街頭的地面，和嘔吐物比鄰，某種宿命性便會生成。

## 敘事：夜與日的骨架

「原則上，我的創作聚焦於實際發生過的事，因此我只能自己傷害自己，別無他法。」安部在本書後記這麼說。雖說敘事材料幾乎不脫自身經驗，不過經驗可能觸發的思緒、對經驗的詮釋定位、甚至事件性，在安部初期作品中可說是匱乏的。亦即，安部並不是挑選出非日常的、脫序離奇的生活插曲來驚艷讀者，僅僅是遙望人的七情六慾，描述它們的消長如描述潮汐。讀者會感受到沁涼，會被某種規律性催眠，也會漸漸察覺深水域的凶險。那是日常本身的離奇。或者日常的反覆本身的無秩序。或者失序在時間中漸漸產生的反覆性、瑣碎性。

於是，轉述大綱並無法傳遞安部作品的魅力——相對地，也不會破壞閱讀的樂趣，因此給了我一試的空間。以〈安靜的粉紅〉為例：小綠（以美代子為原型的角色）身體不適，不過友人來訪時，她似乎舒服了一點，起身招待她。她們聊起友人的男友現在在哪（在喫茶店等她），用紅茶捲菸來抽。之後友人告辭，小綠到公共澡堂洗澡，不認識的小孩控訴她搶走她的座位。小綠沒有回應，露出愁容。當晚深夜，小綠拜訪男性友人家。他們閒聊（「有誰會來嗎？」「好像不會有人來了呢。」）他說果汁加蘇打水比較好喝。她說他泡的咖啡很好喝。最後小綠告辭。整個故事有如簡短的日記，記錄了毫無要事的一天。然而，深沉的慾望在底層不斷翻騰，只不過不是透過角色的實際行動和表態來傳達。這些骨感的零碎片段如何和安部的畫產生交互作用，留待下節再述。

除了事件性的匱乏，初期安部作品大致不脫以下母題。

一，酒。編輯末井昭曾前往田川採訪安部，得知他在阿佐谷時代，老家每個月都匯八萬日圓的生活費給他，那相當於今天的四十萬日圓。而安部全拿去喝酒，號稱自己在幾年之內喝完了別人一輩子喝的量。酒、酒吧，於是也成為安部漫畫中的基本道具和佈景。只不過，它們並沒有協助角色解放壓抑的心情，製造出戲劇性，似乎反而潤滑壓抑，維繫著若無其事的情境。〈阿佐谷殉情〉、〈降落傘〉中的男性角色都邊喝酒邊談論著不在場的友人，而非彼此的狀態。〈手槍〉裡的酒徒為了雞毛蒜皮小事起衝突，用身體暴力取代內心表白式的宣洩。

二，性、愛情、友情。安部呈現的大多不是美好情誼的溫暖、滋潤，而是青春的殘酷面向。不斷出現的性愛場面，浮沉於緊張的男女關係之中。以安部慎一、美代子為原型的角色在不同短篇中換了一個又一個名字，起了一次又一次衝突。〈阿佐谷殉情〉的「我」抱怨妻子走路太慢，還打了回嘴的她一巴掌。〈降落傘〉的「我」喝醉後強逼伴侶裸體睡覺。這些自曝醜惡的段落和樸實日常的描寫穿插，不帶批判也不帶狡辯地交織出昭和青年的生活實態。

不確定他冷硬的筆法與以下事實有多少關聯：安部畫給《GARO》的第二、第三作，都被當時的編輯高野慎三退稿，就連名作〈美代子阿佐谷心情〉，編輯都表示是「有條件刊載」。理由是，他的故事開始偏向「青春的甜美」，但高野希望他循著出道作的風格追求更高的表現力。安部當然極為不滿，於是投稿主流雜誌《Young Comic》，獲得採用，一連刊了六個短篇，大受好評。不過他並不是在別的雜誌上畫高野不希望他走的路線，那幾個短篇也被高野讚美，評為「硬質的抒情」。後來安部又重回《GARO》，同時在兩本雜誌發表漫畫。（本短篇集收錄的作品皆為那時期的《GARO》刊登作，原為青林堂於一九七九年出版的安部慎一第一本著作，後來由Wides出版於二〇〇〇年再版。）

除了男女交際之外，安部也畫無賴們的來往。他們在酒館和酒館之間，酒館與下榻處之間移動，吃喝，更新彼此近況（但這些近況往往與故事主線無關），抽菸，拿起屋子裡的吉他彈唱。或者像〈無賴的身影〉那兩個以漫畫家鈴木翁二和古川益三為原型的角色那樣，用廢話灌滿畫格：差不多該回去了吧？說什麼屁話啊，蠢蛋！什麼呀，為什麼突然發火啊！我只是問你要不要回去，不是嗎？是不是腦袋有毛病啊。

於是，整部《美代子阿佐谷心情》像極了海明威《太陽依舊升起》拆解成短篇。不僅只是享樂與自毀形成的恐怖平衡有相似性，連最扭曲晦暗的主角行動都是通同的。《太》的男女主角相愛，卻無法在一起，男主角不僅坐視她周旋在許多男人之間，最後甚至還為她和新歡牽線。而本作收錄的〈阿佐谷殉情〉則描寫了男主角主動讓來訪家中的友人與伴侶發生關係；後來的〈天國〉、〈番茄〉、〈佳子的幸福〉等作，也都有現今可能稱之為「綠帽癖」的描寫。這些行動的肇因和後果，在作品中皆付之闕如。這些敘述僅框出陽剛異男們的內心陰影輪廓，不涉入其中。他們不相信語言能夠釐清、消化某些傷害。他們將這些輪廓線畫在地上，嘔吐物的隔壁——這便是他們唯一能與陰影對峙的形式。

## 漫畫畫風的發明家

特殊漫畫家根本敬曾表示：《GARO》催生的漫畫家可以粗暴地分為「劇畫路線」和「拙巧（爛得有味道）路線」，而安部慎一是少數對兩個路線皆發揮影響力的作者。

從出道作〈溫和的人〉開始，安部便大量使用照片作為參考資料。而且不是只拍風景，他會請友人當模特兒在特定地點拍照，再將照片中人物與空間的相對關係、空間透視搬進漫畫畫格中。如此一來就能跨越創作初期畫技不足的問題。據說〈溫和的人〉他拍了百餘張照片；七九年出版的另一本短篇集《孤獨未滿》的後記提到，這整本書的每個短篇都是參考照片畫成的。先做好分鏡規劃再拍照、再畫成漫畫，以及拿現成照片拼湊成漫畫，兩種方法他都試過。

相對寫實的物件比例、空間透視作為基礎，覆蓋其上的，是安部那極為情緒化的線條。〈美代子阿佐谷心情〉裡頭有墨漬般的樹葉，彷彿要劃破紙張的沾水筆線條表現狂風；〈戀愛〉等作的風景由各種粗獷歪斜的硬筆線條、毛筆點劃構成，具備義春式劇畫的抒情，但靜謐寂寥彷彿被置換成永無止境的躁鬱。與此同時，節制纖細線條也潛伏於畫面中，例如女體的描線。剛與柔，收與放，共存於安部的同一個短篇中也能保持協調。曾任《GARO》編輯的南伸坊就認為，安部慎一、鈴木翁二、古川益三之中，以安部最有「發明」畫風的才能。

此外，安部的分格安排也充滿巧思。所有百無聊賴的廢人日常之所以在他筆下產生新鮮的折射成像，都是因為它們通過了「靈巧敘事節奏」的濾鏡。回到上文的〈安靜的粉紅〉為例：在故事一開始，小綠身體不適的描寫中插入了白日夢或幻想般的一格——小綠倒臥沙灘上、雙腿大開的遠景；在他拜訪男性友人家中時，這非現實的支線再度插入，有了些微的推進——著軍服的男子登場，靠近沙灘上的小綠。然後再也沒有後續。如此安排令我聯想到尤拉伊．赫茲的電影《焚屍人》那些不斷在幸福家庭生活中閃現的蒙太奇暗示，它說明了安部對於影像獨有的敘事方法也有充分掌握。他不只是把小說翻譯成影像。類似的例子還有〈戀愛〉的收尾，倒數兩頁跨頁描寫颱風肆虐，最後一頁卻接到整個故事都未曾出現過的街景，裡頭只有一個形象模糊的路人，主角皆未登場。這安排同樣令人感受到影像創作者的，而非作家的意志。

看著漫畫描寫的頹廢生活，各位或許不難想像安部慎一的漫畫家之路會通往什麼樣的盡頭。一九七八年，他開始迷上新興宗教，精神狀況也日漸混亂，最終在八二年被診斷出思覺失調症，反覆進出醫院，出院就到小酒館徹夜喝酒，形成惡性循環，這段期間的投稿漫畫幾乎都不獲採用。進入二〇〇〇年後才與《ＡＸ》旗下漫畫家以共作的形式發表作品，或發表極短篇作，作畫和敘事已與當年判若兩人，但主題依舊扣著自己的私生活，以強烈的執著證明：就算身與心已不完整，漫畫家的魂還在。

儘管一路走來不只一次吵著要離婚，美代子也仍在他身邊。

參考資料：
《ＡＸ》第111期
短篇集《溫和的人》（青林工藝舍）附錄年表
短篇集《孤獨未滿》（榆山書房）後記

黃鴻硯
公館漫畫私倉 Mangasick 副店長

MANGA 005
美代子阿佐谷心情
美代子阿佐ヶ谷気分

作　　　者　安部慎一
譯　　　者　黃鴻硯
導　　　讀　黃鴻硯
美術／手寫字　林佳瑩
內 頁 排 版　藍天圖物宣字社
校　　　對　魏秋綢
社長暨總編輯　湯皓全
出　　　版　鯨嶼文化有限公司
地　　　址　231 新北市新店區民權路 108-3 號 6 樓
電　　　話　(02) 22181417
傳　　　真　(02) 86672166
電 子 信 箱　balaena.islet@bookrep.com.tw

讀書共和國集團社長　郭重興
發　行　人　曾大福
發　　　行　遠足文化事業股份有限公司
地　　　址　231 新北市新店區民權路 108-3 號 8樓
電　　　話　(02) 22181417
傳　　　真　(02) 86671065
電 子 信 箱　service@bookrep.com.tw
客 服 專 線　0800-221-029
法 律 顧 問　華洋國際專利事務所　蘇文生律師
印　　　刷　勁達印刷有限公司
初　　　版　2023 年 4 月

定價 400 元
ISBN 978-626-7243-14-5
EISBN 978-626-7243-15-2（PDF）
EISBN 978-626-7243-16-9（EPUB）